目次

JN019641

わるじい慈剣帖（七）

どこいくの

第一章　変装やくざ

一

愛坂桃太郎《あいさかももたろう》は、通《とおり》一丁目にある〈西京屋《さいきょうや》〉という帯専門の店に来ている。珠子《たまこ》が家にいるので、今日は孫の桃子《ももこ》を連れていない。

ここは品揃えが豊かで、かつ、お洒落《しゃれ》なものが多いというので人気の店である。珠子や蟹丸《かにまる》も帯はここで買うらしい。じっさい、間口十間ほどある店頭は、女の客たちで賑わっている。

図々《ずうずう》しい桃太郎も、さすがにこういうところは気恥ずかしく、いちばん隅の目立たないところに、生まれたての油虫みたいに割り込んで、手代を呼んだ。

「じつは帯を買いたいのだがな」

「はいはい」
二十五、六くらいの若い手代は一瞬ニヤッとし、事情はわかっていますとも、という顔をした。
「愚妻に買うわけではないぞ」

「もちろんでございます。可愛いお嬢さまにでしょう」

手代はうなずいた。そのお嬢さまは、血は通っておらず、飯炊きの婆さんかなんかつけて別の小さな家に住まわせているほうのお嬢さまでしょうとでも言いたげである。

「あのな、なにやら邪推しているようだが、妾《めかけ》にでも、妾にしようと狙っている小娘のためでもない」

「え、違うので？」

やはり、この手代は誤解していた。

「孫のためだ」

「なるほど」

孫のような妾もいますよね、という顔である。

「しかも、帯だけど、帯として使うのではない」

「は……？」

手代は、もしかして頭の危ない客かもしれないと、少し身構えるようにした。

「うむ。結ぶのだが、帯はすでに、別のものを締めているのだ」

「はあ？」

「買った帯を元の帯に縛って、長く伸ばすのだ」

「何間ほどでしょう？」

「そうだな、二間分もあればよいか。さらにその先に細い紐をつけるのだがな」

「ちょっと待ってくださいよ。誰かがすでに帯を締めているんですね」

「そうだよ」

「そこへ、いまから買う帯を結んで伸ばし、さらにその先に細い紐をつけるのですね？」

「そうだよ」

「いったい何になさるのでしょう？」

手代は、少し変な臭いがする深い井戸をのぞき込むような顔で訊《き》いた。

「うむ。あまり言いたくないのだが、赤ん坊の孫に使う。生後一年弱のな」

「折檻《せっかん》でもなさるので？」

手代は完全に怯《おび》えた顔で訊いた。

「馬鹿なことを言うでない。可愛くてたまらぬ孫だぞ」

「よくわかりませんが」

「あのな、いま、歩き始めでな、よちよち、よちよち、歩き回るのさ。これがまた、可愛いのだがな」

「はあ」

「よちよち歩きでも、びっくりするほど早いのだぞ。ちょっと目を離した隙に、こんなところまでというくらい遠くへ行っていたりする」

「わかります。わたしの甥っ子もそうですよ」

と、手代は大きくうなずいた。

「しかも、どこに行くかわからないので、危なくてしょうがない」

「そうなんですよね。わたしの甥っ子も、三度、掘割に落ちました」

「危ないな」

と、桃太郎は眉《まゆ》をひそめ、

「そういうことがあるから、その孫の帯にもう一つ、帯を結んでな、遠くに行っても、止まるようにしたいわけだ。万が一、掘割に転げ落ちても、こっちを持っていれば、落ちなくてすむだろうが」

「そういうことですか」

と、手代は大きく手を打って、

「でしたら、帯ではなく紐でよろしいのでは？」

「そう思うわな。だが、それは赤ん坊の実態を知らないのだ」

「実態を？」

「赤ん坊というのは、身が軽いからとんでもない動きをするのだ。とことこっと走って、つまずいて、くるりんとひっくり返ったりする。そのとき、紐を結んでいると、首にからまってキュッと」

「ああ」

手代はその光景を想像できたらしく、ぶるっと身体を震わせた。

「そういうことになりかねないのさ。だが、それが、ある程度の太さと硬さがある帯だったら、くるっと回っても隙間ができて、首をキュッとはならないわけさ」

「はいはい、そういうことですか。お武家さまのやさしいお気持ちはよくわかりました。でも、それに細い紐をつけるのですよね？」

「それはわしの帯にくくりつけるほうだよ」

「旦那さまも縛るのですか？」

「そりゃあ、わしだってなにかのはずみで手を放してしまうときもある。そのとき、ちゃんと縛っておけば安心だろうが」

「確かに」

「それで孫に縛るほうの帯は、うんと可愛い柄と色でな、わしのほうの紐は、まったく目立たないゴミみたいな色でよいのだ」

「ゴミみたいな色のものは手前どもの店には……」

と、手代は泣きそうな顔をした。

「ま、それは喩《たと》えでな。だが、用途はわかっただろう？」

「わかりました。いま、それに見合ったものを見つくろいますので」

と、手代は後ろの棚や、奥の棚などを行ったり来たりして、

「これなどはいかがでしょう」

さすがに用途に合ったものを選び出してきた。

「うむ。それはいい。この帯と紐は、ここで縫い付けてもらえるかな？」

「もちろんです」

こういうところには、客の注文に応じるため、裁縫の上手な女中が控えている。その女中に、手代が帯と紐をしっかり縫い付けるように頼むと、

「これはいったい、なんなので？」

と、訊くので、

「いいから、後で教えるよ」

手代は目くばせをした。さぞかし後で大笑いをするのだろう。

女中は手慣れたもので、たちまち縫い付けてくれた。

「うむ。これでよい。いかほどだ」

と、桃太郎は巾着《きんちゃく》を出した。

手代はそろばんをはじきながら、

「しかし、お孫さまに帯と紐をつけて、跡をついて回っているお武家さまというのは、見たことがありませんね」

「そうかね」

「目立つのでは？」

手代は不思議そうに訊いた。

けっこうな代金を惜しげもなく払い、

「目立とうがなんだろうが、孫さえ怪我がなければよいではないか」

そう言って、満足げに品物を持ち帰る桃太郎を、西京屋の若い手代は呆《あき》れたように見送ったのだった。

二

桃太郎は家に帰り、さっそく桃子を外に連れ出した。

「ほら、桃子。これでもう安心だ。お前は、好き勝手に、どこへでも歩き回ることができるぞ」

「まあ、また面白いものを」

と、珠子は笑った。とくに呆れも驚きもしない。なにせこれまでも、階段の前に柵を作ったり、火傷《やけど》除けの背の高い火鉢を作ったりしているのだ。

桃太郎は路地の外に出て、海賊橋《かいぞくばし》のたもとのあたりを歩かせてみる。ここらは、こぶりの広小路のようになっている。

桃子は、いつもはうるさいくらいについて回るじいじが、今日はほっといてくれるとわかったらしく、楽しそうに縦横無尽に歩き回る。

「なんだ、なんだ。新手の猿回しか」

「猿じゃないよ。可愛い赤ん坊だぞ」

こんな変なものを使っている赤ん坊など見たことがないから、皆、足を止めて桃太郎と桃子を見る。

人だかりが二十人近くなったところで、

「見世物ではないぞ」

と、桃太郎は見物人たちを追い払った。

「愛坂さま。また、面白いことをお考えなさいましたね」

海賊橋のたもとにあるそば屋の前から声をかけてきたのは、大家の卯右衛門《うえもん》だった。このそば屋のあるじでもあるのだ。

「これでわしも、のんびり眺めていられるよ。腰をかがめながら追いかけて回ると、けっこう疲れるしな」

「ええ、愛坂さまを拝見していて、よく腰を痛めないものだと感心してたんですよ」

「うむ。杖でもつこうかと思っていたほどさ」

「杖をつきながら桃子ちゃんを追いかける？　くっくっく……それはそれで見も

のでしたでしょうね」

と、卯右衛門は笑った。

そのときである。

卯右衛門は、そっとそばに寄って来た若い男に、なにやら紙に包んだものをすばやく渡した。あらかじめ袂《たもと》のなかに用意してあったらしい。その代わりに男は判子が押された紙切れを手渡した。

いままでなら、気にもせず見逃したかもしれない。だが、いまはこうしたことが気になるのだ。

「卯右衛門、いまのはみかじめ料か？」

と、桃太郎は訊いた。

みかじめ料とは、土地のやくざが、飲み屋とか酒を出す店、屋台などから徴収している金である。それでもって、なにか揉めごとがあったときは解決してくれるのだが、もちろん税金ではないし、真っ当な金でもない。

「ええ、まあ」

卯右衛門は、気まずそうな顔でうなずいた。

「あんたのとこもか」

本来、払う必要のない金だし、それで嫌われ者のやくざの懐が潤《うるお》っている。

「たいした額じゃないんですよ」

「ふん。そっちには番屋もあるではないか」

それが面倒ごとが起きたときの、町人の正当な対処法である。

「いやあ、あそこの番太郎が喧嘩《けんか》などの荒ごとをすばやくおさめられますかね」

「ちと歳はいっているがな」

番太郎などはたいがい六十近い年寄りで、喧嘩の仲裁に入ろうものなら、突き飛ばされて大怪我をしかねない。

「それより親分の名前を出したほうが、すんなりおさまるんですよ」

「ここらは、銀次郎《ぎんじろう》の縄張りだろう？」

日本橋《にほんばし》の銀次郎親分とは面識もあるし、家に行ったこともある。

安針町《あんじんちょう》の裏長屋だが、それを二棟分、自分の持ち物にして、そこに子分たちといっしょに住んでいた。なかなか粋な住まい方だと思った。

名前に似合って銀髪の、若いころはさぞや身体の切れもよかっただろうと思える年寄りだった。桃太郎とは話も合い、

「男が惚《ほ》れたなら、四十年の歳月くらいなんだ」

と、意気投合したほどだった。

「そうなんですが、銀次郎親分はあの火事以来、あまり具合がよくないみたいでしてね。最近はあまり顔を見せません。ここんとこは、三羽烏《さんばがらす》の一人で、〈狼《おおかみ》の定《さだ》〉ってのが回っていますよ」

「狼の？」

「綽名《あだな》の由来は、見ればわかりますよ」

そんな話をしていると、南町奉行所の定町回り同心である雨宮五十郎《あまみやごじゅうろう》がやって来た。いつものように、元豆腐屋の岡っ引きと、元猿回しの中間《ちゅうげん》もいっしょである。

二人の名前は最近わかったのだが、岡っ引きは又蔵《またぞう》で、中間は鎌一《かまいち》とのことだった。富士に月見草あたりが似合うように、雨宮には、「また」とか「かま」がよく似合う。

「お、桃子ちゃん。いいなあ、じいじといっしょで」

雨宮は桃子にお愛想まで言った。ふつう同心は、町人にお愛想を言ったりはしない。

いかにも暇そうだが、

「おう、雨宮さん。忙しそうだな」

と、桃太郎はからかい半分のお世辞を言った。

「いやあ、ここんとこやくざたちの動きがきな臭くて」

当人は忙しいつもりらしい。

「やくざたちのな。いまも、その話をしていたのさ」

「なにかありましたか？」

「いや……」

卯右衛門がみかじめ料を払っているなどと、言い付けたりはせず、

「日本橋の銀次郎の話をな。わしも面識はあるんだ」

「そうですか。でも、近ごろはその銀次郎の睨《にら》みも効いてないみたいでね」

「だったら町方で押さえつければよいではないか。ガツンと」

「ガツンとねえ」

雨宮は顔をしかめた。

「できぬのか？」

「いや、できないわけじゃありません。もちろん、こっちが本気になれば、できないことではないですが、ただ、数で言ったら、向こうのほうが断然多いんで

ね」

「数はそうだろうな」

だいたいが、やくざというのは町人の暮らしに深く入り込んでいる。卯右衛門のように表通りで食いものや飲み屋の商売をしている者はもちろん、料亭などもつながりがあるし、珠子のような芸者の商売も無縁ではない。おそらく珠子の置屋でもみかじめ料はおさめているはずなのだ。

そんなふうに、暮らしに入り込んでいるから、なおさら桃太郎はやくざとは関わりたくない。

「まあ、ここらは大丈夫だとは思うんですが」

「狼の定の睨みが効いてるのか？」

「ええ。ただ、最近、狼の定に変なことがありましてね」

「変？」

「あいつ、変装するんですよ」

と、雨宮はいかにも解《げ》せないというふうに言った。

「変装をな」

「しかも、いつもじゃないんです。通二丁目の新道《しんみち》を通るときだけ、変装しているみたいなんです」

「そりゃあ変装くらいするだろうが」

と、桃太郎は言った。

「いえ、やくざは変装しません」

雨宮は決めつけた。

「なんで、やくざは変装しないんだ？」

「目立ってなんぼというやつらだからです。やくざは皆、目立ちたがりです。自分とわからないようにするなんてことは、まずしません」

「なるほど。芸人みたいだな」

と、桃太郎は半ば感心して言った。

芸ごとに夢中になると芸人になり、バクチに嵌《は》まるとやくざになる。だが、それはたまたまで、蒲焼《かばやき》のウナギとアナゴのように、入れ替えも可能なのかもしれない。

「カッとなると、狂暴なことはこの上ないってやつですからね。なにを企んでいるのか、わたしも気が気でないんですよ」

雨宮はそう言って、桃太郎を見た。意見を訊きたいのだ。

「まあ、三人がかりで、とことん探ることだな」

桃太郎は冷たく言った。

「冷たいなあ、愛坂さま」

「わしは、やくざのことなんかには関わりたくない」

そう言って、そろそろ疲れてきたらしい桃子を抱き上げた。

「でも、重吉《しげきち》のときは、助けていただきました」

千吉《せんきち》の弟が殺された件である。

「あれで懲《こ》りた。深入りはやめたのだ。悪く思うな」

「そうですか」

と、それで雨宮は諦めるはずだったが、

「もしかしたら、愛坂さまと親戚みたいになるかもしれないのに……」

思いも寄らないことをぬかした。

三

「どういう意味だ、雨宮？」

桃太郎はつい、訊いてしまった。本当は無視すればよかったのだ。

「いえね、わたしを贔屓《ひいき》にしてくれている尾張町《おわりちょう》の〈松島屋《まつしまや》〉という薬種問屋《やくしゅどんや》がありましてね。先日、その旦那がとある料亭に招いてくれたんですよ」

「なにが、とあるだ」

「いや、同心の行くようなところじゃないので、ちょっと名前は伏せさせてもらいました。それで、その席になんと珠子姐《ねえ》さんを呼んでくれたんです」

「ふうむ」

珠子はなにも言っていなかった。もっとも、芸者はお座敷の話をほかで話したりはしない。一流の芸者ほど、そこらはちゃんとしている。

「珠子姐さんはわたしを見ると、あらと目を瞠《みは》りましてね」

雨宮は顔真似までした。もっとも顔の造りがぜんぜん違うから、似てはいない。

「それは喜んでいる表情ではないな」

「松島屋の旦那が、なんだ、知り合いですか、雨宮さんも隅に置けないな、などとからかいますと、珠子姐さんは、うふっと小さく笑ったりなんかして、いやあ、わたしもさすがに照れましたなあ」

「……」

なにをかいわんやである。

「それでですよ、まあ、こういうことが二度、三度とあったりすると、自然と男女の仲にならないとは限りませんでしょう。そうなったら、わたしも、もちろん男として責任を取りますよ。すると、どうなります？」

雨宮はそう言って、桃子に愛想笑いをした。

「……」

桃太郎は答えたくない。そんなものは愚問の極致だろう。

「桃子ちゃんは、わたしの娘。そして、愛坂さまは……？」

「ないなぁーい。それはなぁーい」

桃太郎は、唄うように断言した。それはあり得ない話である。本気で否定するのも馬鹿々々しいくらいだから、唄うように言った。

「でも、男女の仲というのは……」

あんたと珠子では、ぜったいにないと言おうとしたとき、

「あ、あいつが狼の定ですよ」

それまで笑いながら桃太郎と雨宮の話を聞いていた卯右衛門が、楓川《もみじがわ》の向こ

う岸を指差した。

「どれ？」

桃太郎も思わず、卯右衛門が示したほうを見た。

その男は、肩で風を切って歩いていた。

ちらりとこっちを見た。

背筋が寒くなるくらいの眼差しだった。目が光ったようにも見えた。

まさに狼の目だった。身体つきは、いまにも躍動《やくどう》しそうだった。

すれ違った何人かの男たちは、思わず道を空けた。

「なるほどな」

桃太郎は、その綽名に納得した。

「迫力あるでしょう」

と、隣で雨宮が言った。

「ああ、凄いな」

「あれが通二丁目の新道を歩くときは、額から頬にまで延びる大きな傷を描き、目の上に糊《のり》でもつけるのか、二重瞼《ふたえまぶた》のきょろりんという目にするんです」

「なんだ、そりゃ？」

「変でしょう。傷は不気味ですが、目はまるで睨みが効きません。なんのつもりなのか、さっぱりわからないんです」

「訊いてみたのか？」

「当人にですか？　訊いたって答えるわけありませんよ」

「それはそうだな」

「おそらく、なんかやらかして誰かに顔を見られたのだと思うんです」

「なるほど」

「向こうは薄々見当はついているが、言うに言えないというところかも」

「ほほう。だが、そこまで考えたら、あとは詳しく訊き込むしかないわな」

「ですよね」

やっぱりこの男は頼りない。

「雨宮さま」

と、いつの間にか店にもどっていた卯右衛門が、なかから雨宮に声をかけた。

「なんだい？」

「この前、やけに気に入られたそば味噌ですが、少し持って行きますか？」

「お、それはありがたい。いただくよ」

雨宮が店のなかに入って行ったとき、元豆腐屋の岡っ引きの又蔵が、

「雨宮の旦那、あれでけっこう女にはもてるんですよね」

と、つぶやくように言った。

「ほんとかあ？」

桃太郎は思わず訊いた。

「ほんとです。なんなんですかね。な？」

と、岡っ引きは中間の鎌一を見た。

「不思議ですよね」

と、元猿回しの中間もうなずいた。

——そういえば……。

思い当たることがあった。

桃太郎の倅《せがれ》の仁吾《じんご》も、どこか情けなくて、頼りないところがある。親の目から見てもそうなのだから、他人が見たら相当なものだろう。

だが、そんな仁吾に、珠子は気の迷いにしても、一時は惚れたかしたのである。しっかり者の女に限って、そういう駄目な男に惹かれるところがあるのだ。

——まさかな。

だが、桃太郎の胸の内に、不安が黒雲のように湧き上がり、眠そうにしている桃子をぎゅっと抱き締めた。

四

桃子が桃太郎の腕のなかで、ふわふわの糸玉みたいに眠ってしまったので、長屋に引き返した。

「くだらぬ期待は持つな」

と、雨宮にはもうひとこと言ってやりたかったが、怒ったような声を出すと、桃子が目を覚ましてしまうので我慢したのだった。

珠子の家に入ると、蟹丸が来ていて、

「ああ、愛坂さま。お会いしたかったんです」

と、すがるような調子で言った。

桃太郎は、眠っている桃子を珠子に渡し、

「なにかあったのかな?」

できるだけ穏やかな声で訊いた。

この前の夜、蟹丸が兄の千吉や仔犬《こいぬ》の音吉《おときち》といっしょに舟に乗っているところを見かけたとは伝えていなかったが、

「兄に騙《だま》されて、やくざの接待をさせられたんですよ」

と、自らその話を始めた。

「穏やかな感じの人だったので、てっきりどこかの大店《おおだな》の旦那か、町役人でもなさっている方と思ったんです。兄も近ごろは、いちおう堅気《かたぎ》の顔も持っていますから、そういう人も多少の付き合いはあるんですよ」

「紛《まぎ》らわしいのう」

「ほんとですよね。ところが、舟から下りて、船宿に入ってくつろいだら、まあ肩から足から、背中は見てませんが、恐ろしいくらいの倶利伽羅紋々《くりからもんもん》ですよ」

「………」

背中の彫物は桃子が触り、桃太郎も見ている。竜だの虎だの蛇だの恐ろしげな生き物の真ん中に、可愛い仔犬がいるという奇妙な図柄だった。

「伝説のやくざで、仔犬の音吉っていうんです」

「自分で伝説のやくざと言ったのか？」

だとしたら間抜けである。

「いいえ、兄が紹介したんです。それで、あたしもどうして伝説なんですかって訊いたんです」

「なんと？」

「当人は答えなかったんですが、兄が言うには、これまで何人もの大物やくざを懲らしめてきたんですって」

「懲らしめる？」

「はっきりは言わないけど、当然、殺しちゃうんでしょ」

いかにも嫌そうに蟹丸は言った。

「……」

「それで、替わりに親分になってもいいのに、それはならないんだそうです。礼金をもらって去って行くだけ。それで、兄がそう言うから、礼金てお高いんでしょうねって訊いたんです」

「それはいい質問だ」

と、桃太郎は笑った。なかなか直接、訊けるものではない。

「そりゃあ安くはないって。ただ、金よりも、殺すに値するかどうかだって。結局、自分で殺すって口にしちゃったんですけどね」

「どういう意味だ？」

「よく、わかりませんよね。それで、あたしもさらに、殺すに値するって、どこで決まるんですかって訊いたんです。兄がわきで、余計なことを訊くなと目くばせなんかしてましたけど、そんなの知ったことじゃないですよ」

「答えは？」

「なんだろうな。あたしは気まぐれだからなって」

「ふうむ」

「兄は、音吉さんは独特の俠客《きようかく》で、おれたちみたいに俗っぽいやくざ者には計り知れないところがおありなのさと、そう言ってました」

「俠客か」

「おそらく兄が、目玉の三次《さんじ》親分をなんとかしようと呼んだのだと思います」

「目玉の三次をな」

「ほんと、もう、やめて欲しい。そして、あたしを巻き込まないで欲しい」

蟹丸はそう言って、悔しそうに顔を歪めて泣き出した。

そんな蟹丸を、桃太郎は黙って見つめるだけである。

抱き締めてやるわけにはいかない。だいいち、爺いがそんなことをしたら、みっともないだろう。

するると珠子が、

「あのね、蟹丸。いま、町方のほうでも、やくざの動きに目をつけていて、相当厳しく見張っているから、大丈夫よ」

と、声をかけた。

「町方なんて……」

蟹丸はそこで言葉を止めた。そのつづきは、間違いなく、「頼りにならない」だろう。桃太郎も同感である。

珠子も察して、

「そりゃあ、頼りにはならないけど、やくざだって捕まりたくはないもの。そう、ひどいことにはならないわよ」

と、慰めた。

ちょうど町方の話が出たので、

「そういえば、さっき雨宮と会ったのだが、珠子とお座敷で会ったとか」

と、桃太郎は切り出した。

「ええ。〈桔梗屋《ききようや》〉さんのお座敷で。薬種問屋の松島屋さんとごいっしょでした」

「そうか」

「面白い人ですよね」

そう言って、珠子はくっと思い出し笑いをした。

「なにかしたのか？」

「連れている中間が、前は猿回しをしていたらしいんですよ」

「ああ、鎌一というんだ。それで岡っ引きは又蔵……」

その先の冗談は我慢した。

「でも、猿がいなくなって商売あがったりになったもので、町方の中間になったというじゃありませんか」

「そうなんだよ。かなり賢い猿だったそうだ。猿回しより猿のほうが賢いんだから、猿に逃げられた鎌一は、生きるしかばねみたいになったらしいぞ」

桃太郎は大げさである。

「そうなんですか。それで雨宮さまは、その猿になった芸を披露したものだから、もう席にいた人たちは、ひっくり返って大笑い」

「猿の真似《まね》をしたのか。猿真似とは言うが、人が猿の真似をしたら駄目だろう」

桃太郎が苦笑すると、

「ほおら、やっぱり頼りにならない」

と、蟹丸が文句を言った。

五

次の晩――。

桃太郎は、珠子と桃子といっしょに〈百川《ももかわ》〉に向かった。すでに授乳もないから、いっしょに行く必要もないのだが、百川は居心地がいいので、ついついくっついて行くことになってしまう。

このところ、忘年会の催しが多いが、今日は、町の治安を守るための、日本橋を中心にした各町の顔役たちの会合だということである。大店のあるじもいれば、辻番を出している大名家の江戸家老も、ほかに町名主なども来る。もしかしたら、銀次郎親分も顔を出すかもしれないらしい。

桃太郎たちが百川の手前まで来ると、いま、玄関を入った男を見て、

「あれは狼の定ではないか」

と、桃太郎は言った。

「ほんとですね」

珠子も知っていた。

「銀次郎の替わりか。だが、あんな物騒な男を出していいのかね」

「大丈夫だと思いますよ。あの人、暴れると怖いらしいけど、ふだんはおとなしい人ですから。ここの宴会で騒ぎを起こすことはないでしょう」

「そうなのか」

玄関を入ると、女将《おかみ》が桃子を見て、

「え、桃子ちゃん、もう歩くんですか？」

と、びっくりした。ここまで、ときどき抱っこしたりしながら、例の帯紐をつけて歩かせてきた。

「ごしょしょぶう」

桃子は自分のことを言われたのだとわかったらしく、
と、返事みたいなことを言った。

「あら、おしゃべりまで上手になって」

「じいじとは、ちゃんと言えるのだぞ」

桃太郎は女将に自慢した。もっとも、そう聞き取れているのは桃太郎だけで、ほかの者はなにを言っているのかわからない。

「まあ、お悧巧《りこう》ねえ」

蟹丸もすでに来ているというので、珠子は二階に行き、桃太郎と桃子はいつもの帳場の裏側の部屋に入った。

帯紐を取ると、桃子は部屋のなかをくるくる歩いて回る。とにかくいまは歩きたくて仕方がないのだ。

賄《まかな》い飯だが、たいそううまい晩飯を出してもらい、桃子もそれのお相伴《しょうばん》にあずかる。女将が桃子に食べさせてくれ、桃子も嫌がらずに食べて、一寝入りした。

二階では、会合が終わって、宴会が始まったらしい。三味線《しゃみせん》の音や歌声も聞こえてきた。

すると、桃子はぱちりと目を覚まし、

「かしゃん、かしゃん」

と言いながら、また歩き回り始めた。「かしゃん」は、たぶんおっかさんなのだ。だが、覚えたのは、「じいじ」のほうが早いと、桃太郎は思っている。

「外に出たいのか、桃子」

と、桃太郎は訊いた。

「しゅしゅじゅう」

出たいらしい。

「あらあ、でも中庭は庭石や池があるから、危なくて歩かせられないわねえ」

女将が申し訳なさそうに言った。

「いや、外を歩かせて来よう」

桃子を抱っこして、桃太郎は外に出た。

寒いが、月明かりはある。

桃子を下ろし、また帯紐を結んだ。ここは裏通りに当たる。場所が場所だけに昼間でも賑わうが、この刻限になるとさすがに人通りは少ない。

桃子も存分に駆け回れると思ったらしく、とっとこ、とっとこ、かなりの速さで歩き始めた。人の赤ん坊というより、小動物が動いているみたいである。

「おいおい、どこへ行くんだ？」

桃太郎はそう言いながらも楽しくて仕方がない。冬の夜、よちよち歩きの桃子を追いかける光景は、どこか夢のなかのできごとのようだが、しかし桃太郎は死ぬまで忘れられない光景になるような気がする。

――ん？

足音がした。というより、足音が止まった気配がした。振り向こうとしたとき、桃子が転んだ。

「おっとっと」

思わず、桃子のほうに駆け寄った。桃子はどうということもなく、両手をつき、小さな尻を持ち上げ、自分で上手に立ち上がった。相撲《すもう》取りの立合いみたいな、面白い恰好《かっこう》で、桃太郎は何度見ても飽きない。

桃太郎が振り向いたのはそれからだった。

道には誰もいない。

「ふうむ」

なにか気になった。

それからまもなく、百川のなかで騒ぎが起きているのに気づいた。

「早く、町方に」

という女将の声もしている。若い衆が玄関から飛び出して行くのも見えた。

なにかあったらしい。

桃太郎は桃子を抱き上げ、気をつけながら百川にもどった。悪党が刀を振り回しながら、飛び出して来ないとも限らない。

玄関口は混雑していた。

「医者だ。瀬戸物町《せともの ちょう》の良庵《りょうあん》さんを呼んで来よう」

と、顔見知りである三井《みつい》のあるじが出て行った。

桃太郎は近くにいた仲居に、

「どうした？」

と、訊いた。

「厠《かわや》で……」

震えてしまって、ちゃんと話せない。

「厠でどうした？」

「お客さまが刺されたのです」

「刺されただと……」

駆けつけたいが桃子を抱いている。刃物を振り回すやつには近づきたくない。

とりあえず、また帳場の裏の部屋にもどった。

女将が来て、飲み残しだったお茶を一口すすった。

「喧嘩でもあったのか？」

桃太郎は訊いた。

「いえ、違うと思います。刺されたところを見た人はいないんですが、厠で銀次郎親分のところの定八《さだはち》って人が倒れてまして、胸を一突きされていたそうです」

「狼の定がやられたのか？」

「ご存じだったんですか？」

「まあな。では、下手人は逃げたのか？」

「厠の裏に出入口がありまして、そこは店の者が出たり入ったりするところなんですが、そこから出て行ったみたいです。たぶん入ってきたのもそこからでしょう」

「なんということだ」

狼の定が闇討ちに遭《あ》った。これで、やくざの世界はまた荒れるだろう。

あのときの足音は、下手人のものだったのではないか。足音は立ち止まり、それから反対側へと去って行った。もしかしたら、わしのことを知っている男だったのか。

「愛坂さま……」

蟹丸が二階から下りて来た。そのあとから、珠子も来た。宴会に出ていた客たちが混乱したので、とりあえず役人が来るまでは帰らないでくれと、芸者たちが言い聞かせていたらしい。

桃太郎は、桃子を珠子に預けると、狼の定の死体を見に行った。

胸のあたりを血で染め、仰向けに倒れていた。苦悶の表情はない。ほかに傷も見当たらない。一瞬のことだったらしい。

遠巻きに見ている客のほうから、

「目玉の三次のしわざに違いねえ。日本橋の銀次郎親分が病気がちなので、いっきに攻勢を強めようってんだ」

「こりゃあ、しばらく方々で血の雨が降るねえ」

などという声がした。

やがて、

「南町奉行所だ！」

という声がして、大勢の捕り方がやって来た。そのなかには、雨宮五十郎もいる。与力も来ていて、女将を呼んで事情を訊き始めた。

桃太郎は、そっと逃げ出したかったが、うっかり雨宮と目が合ってしまった。

雨宮は、殺しの現場にはまるで似つかわしくない旧友再会みたいな笑みを見

せ、すばやく寄って来ると、

「愛坂さまが出会わせてましたか」

と、嬉しそうに言った。

「出会わせたといっても、なにも見ておらぬし、事情はなにも知らないのだ」

「いやいや、これも天の思《おぼ》し召しでしょう」

「なにが思し召しだ？」

「天が愛坂さまに謎を解けと言っているのですよ」

「そんな声は聞こえぬ」

と、桃太郎は冷たく言った。

「だって、誰も見てない殺しですよ」

「それがどうした？」

殺しなど、たいがい誰も見ていないところでおこなわれる。

「いやあ、愛坂さまが得意な状況じゃないですか。この謎を解けるのは、愛坂さまだけでしょう」

と、雨宮は言って、粘っこい目で桃太郎を見た。

すると、雨宮に同行している岡っ引きの又蔵と中間の鎌一も、桃太郎をすがるような目で見た。

「なんだい、おぬしらのその目は？」

「いや、愛坂さまのお力を借りられたら、なんとかなるかもと」

「馬鹿言っちゃいけない。それは、おぬしたちの仕事だ」

「それはそうなのですが、愛坂さま、狼の定が殺されたのは、あの通二丁目の新道を変装して歩くことと関係があるのでしょうね？」

「知らぬ」

「まあ、そうおっしゃらずに」

「だいたい、ここと通二丁目では、ずいぶん離れているだろうが」

「いやあ、日本橋の北と南の違いですよ」

「……」

桃太郎が答えないでいると、そのまま沈黙がつづいた。

桃太郎は素知らぬ顔でそっぽを向いている。三人は、桃太郎の「助けよう」という言葉を待って、じいっとこっちを見つめているらしかった。

六

次の日である——。

桃太郎は昨夜、百川の殺しの現場をやっと逃げ出したのだった。あのあと、与力までやって来て、

「愛坂さまがここにおられたのもなにかの縁」

などと始まって、結局、力を貸してくれと頼まれてしまった。

「まあ、やれることがあれば」

と、その場しのぎでごまかしたが、ある程度は手伝ってやらないとまずい雰囲気になってしまった。

狼の定の家は、坂本町《さかもとちょう》と楓川を挟んでちょうど真向かいになる本材木町《ほんざいもくちょう》の二丁目にあった。昨夜の慌ただしい通夜につづき、今日は大々的に葬儀が行われ、かなりのやくざが弔問《ちょうもん》に来ているのが、川のこっち側からも見て取れた。

桃太郎が卯右衛門のところで昼飯のそばを食べていると、雨宮五十郎がやって来た。岡っ引きと中間はいない。

「わたしもそろそろ昼飯にしますよ。おやじ、ざるそばを二枚」

注文して、桃太郎の隣に座った。

「葬儀を見張っているのか？」

「ええ。じつは、葬儀に下手人が素知らぬ顔で姿を見せるというのは、よくあることなんですよ」

と、雨宮は重大な機密でも告白するような調子で言った。そんなことは、見習いでも知っている常識である。

「ほう、意外だな」

桃太郎もそれに調子を合わせた。

「もっとも、怪しいと思って見ると、皆、怪しくて。しまいには又蔵や鎌一まで怪しく見えてきたもので……」

「だったら、見張っても無駄ではないか」

「そうなんですが、いちおう上司の手前というのもあって」

「……」

この男に下手人の捕縛を期待するのが間違いだろう。

「そうそう、さっき東海屋《とうかいや》が、たいそうな葬儀の花輪を届けて来て、兄貴、なんで死んだと、泣きじゃくってましたよ」

「東海屋？」

「ほら、蟹丸の兄貴の」

「ああ、千吉か」

「あの野郎、新たに通油町《とおりあぶらちょう》の宿屋を買い取りましてね。箱崎《はこざき》につづいて二つ目の宿ですよ」

「また、バクチの宿か？」

「いや、そっちはやってないみたいです。堅気のほうにも色気を出してるんですかね」

「ふうむ」

そのまま堅気になるつもりなどあるわけがない。

「宿屋のほかに、浜町堀《はまちょうぼり》を使って運送業にも乗り出しましてね。小荷駄《こにだ》を扱う小船に荷車や駕籠《かご》などもそろえ始めていますよ」

「ほかとの差し障りなどはないのか？　鎌倉河岸《かまくらがし》の佐兵衛《さへえ》というのも運送業だろう」

「佐兵衛は昔は浜町堀でしたが、いまは神田川《かんだがわ》を使ってますんでね。そこは千吉も遠慮したはずですよ」

「なるほどな」

千吉の動きも気になるが、まずは狼の定殺しだろう。

「ちょっと行って来るか」

桃太郎は、そばを食べ終えると、立ち上がった。

「どこへ？」

「ちとな」

桃太郎がやくざだった定八の身辺を探ろうとしても、なんでお武家さまがと怪《け》訝《げん》そうにされ、腹を割った話を聞くのは難しいだろう。

――だが、あいつなら……。

と、頼りになりそうな男を思い出したのである。

呉服町新道《ごふくちょうしんみち》に住む岡っ引きの喜団次《きだんじ》。先日、立派な盆栽を長屋に置いていくという妙なできごとのことで、知り合った男である。呉服町新道は大通りを挟むが、定八の家ともかなり近い。もしかしたら、定八のことも知っていたかもしれない。

喜団次の家の前に行くと、飼っているらしい犬に餌《えさ》をやっているところだった。

「ちと、訊きたいことができてな。あんた、狼の定ってやくざは知ってるかい？」

「ええ。定八は、昨夜、殺されましたぜ」

やはり、すでに耳に入っていた。

「うん。わしはそのとき、すぐ近くにいたのだ」

「そうでしたか」

「それで、おそらく下手人のものと思われる気配を感じたのだが、孫がいっしょだったので跡を追うことをしなかった。それが気がかりでな」

「ははあ」

「狼の定だが、なんでやくざになんかなったのかな？」

「まあ、やくざになるのは、たいがいバクチからですがね。夢中になると、地道に稼ぐことがやれなくなるんですよ」

「定八もそうなのか」

「殺された理由もそこらにあると？」

「いや、わからぬ。ただ、どういう男だったのか、まるで知らないのでな」

「これは愛坂さま」

「どういう？」

「やくざだって十人十色だろう。性分とか癖とか」

「調べましょうか？」

と、喜団次は言った。

「縄張りは大丈夫か？」

「ええ。あそこらは、いま、岡っ引きがおらず、あっしが面倒見ていたりするんですよ」

「それは好都合だ」

桃太郎は、喜団次にまかせることにした。

喜団次はあのあたりの事情をよく知っているだけに、その日のうちに桃太郎の長屋にやって来て、

「だいたいのことはわかりました」

と、言った。

「うむ。ざっと聞かせてくれ」

「定八は、代々、あそこに住んでましてね。先祖はまだそこに材木河岸《ざいもくがし》があった

ころからの下駄屋でしたよ。下駄職人で、つくった下駄を売るという商売です。材木の仕入れは楽だし、柱に使えないのとか、余り木などを安く集めることもできますしね」

「堅い商売ではないか」

「堅いですよ。ところが、定八のおやじの代で、ちっとおかしくなりましてね」

「おやじか」

「ええ。おやじがバクチに狂ったんですよ。それで店もつぶれかけて。定八はそれをどうにか立て直したんですが、どういうんですかね。バクチはやったって儲《もう》からねえ。胴元にならなきゃ駄目なんだと。それで、あの家の二階で始まったんですよ」

「そこからやくざの道か」

「ええ。もともと頭はいいし、度胸があって喧嘩も強かったし、また、野郎の目つきがねえ。あれじゃあ、逆に堅気の商売は難しいかも。たちまち、日本橋の銀次郎も一目置く、凄腕のやくざになりました。まだ三十ちょっとでしたが、羽振りはよかったですよ」

「子どものころはどうだったい?」

「それがいい子だったそうです」

「ほう」

「やさしいし、おとっつぁんが、おっかさんを殴ってバクチに行こうとすると、泣きながら前に立ちはだかってね。けなげなもんだったそうです」

「なるほどな」

おやじに対する屈折した気持ちが、定八が道を間違えた大きな理由になっているのだろう。

七

なぜ、この通りなのか。なぜ、ここだけを定八は変装して歩いたのか。

定八の家から遠くはないが、住人同士が親しく混じり合うほど近くはない。

桃太郎は、その通二丁目の新道を何度も往復してみた。

表通りは問屋などの大店が並ぶが、新道に入ると、小さな店ばかりである。道幅は二間ほど。魚屋、八百屋、豆腐屋、総菜屋など、食いものの店も一通りある。飲み屋も何軒かあり、かなり夜遅くまで開けていたりする。地元の人間は、表通りの店ではなく、もっぱらこの新道の店を利用している。

ここらは、この二十年くらいは火事にもあっていないので、なんとなく古びた感じもある。店の前に置いた鉢植えは、立派に育って、人の背丈を超えるほどの梅や松の鉢植えがあったりもする。

二度、往復したが、なにも引っかかるものはない。怪しい店もなければ、もちろんやくざの住まいもない。地道で健全な臭いしかしない。

「ふうむ」

しばし考え、一度、長屋にもどって、今度は桃子を連れて来た。

例の帯紐は、狭い新道では通行人の邪魔になるので使わない。

とっとこ、とっとこ。

あひるの迷子である。

「おいおい、どこ行く」

桃子が、ちょうど八百屋の店先から出て来た老婆の足にすがりつくようにしたので、

「あらあら」

老婆は身体の均衡《きんこう》を崩し、倒れそうになったところを、桃太郎がすばやく駆け

寄って腕をつかみ、倒れるのを防いだ。

「あら、すみませんね」

「なあに、うちの孫がすがりついたりしたからな」

「お孫さんですか。あーら、可愛い」

老婆は桃子の頰を撫でた。

桃子も嫌がったりせず、つぶらな目で老婆を見返している。

「なんだか近ごろ足元がおぼつかなくて、この前も助けてくれた人がいましてね」

「そうかい」

「怖い顔をしていたけど、ほんとはいい人だったんですね」

「怖い顔……」

ぴんときた。

狼の定を見たら、誰でもそう思うだろう。

「目が狼みたいに鋭くて」

やっぱりそうだ。

「ここに傷なんかなかったよな」

い。

「いいえ、なかったですよ」

老婆はそのいい人が、変装してこのあたりを歩いていることには気づいていな

「狼って生き物もほんとは、やさしい心根らしいからな」

と、桃太郎はつぶやいた。

「逆だったんですか」

と、雨宮は驚いた。

卯右衛門のそば屋で通るのを待ち構え、ちょうど来たので教えてやった。

後ろにいる岡っ引きの又蔵と、中間の鎌一も、

「へえっ」

と、感心している。

「そう、真逆だよ。悪いことをしてこそこそしてたのではなく、いいことをしたからこそこそしてた。今度会ったとき、この前はありがとうございました、などと礼を言われたりしたら、やくざにはまったく似合わない善行が知られてしまう。あの親分、あんな目をしてるけど、ほんとはいい人だなんて言われたら、睨

みが効かなくなっちまうからな」

「なるほどねえ」

「じっさい、定八は子どものころも、やさしい性格だったらしい。まあ、人は見かけによらないのさ」

「そうですかね」

雨宮は首をかしげた。人は見た目で判断するという一派らしい。

「どう見ても、もてそうもないやつが、意外にもてたりするみたいにな」

と、桃太郎は皮肉っぽく言った。

「いや、そういうのはないでしょう。もてる男は、やっぱり見た目からして違います」

と、雨宮は鬢《びん》の毛を撫でつけて言った。

もしかしたら、自分は見るからにもてそうだと思っているのかもしれない。

「変装の謎は解いてやった。次は、あんたたちが、誰に殺されたかを探る番だな」

桃太郎がそう言うと、雨宮たち三人は、

「うっ」

と、呻《うめ》き、これは大変なことになったという顔をした。

八

翌朝——。

桃子を抱いた珠子と蟹丸が、江戸橋《えどばし》を渡っていた。珠子と蟹丸が昨夜、近所の料亭でお座敷がいっしょだったので、蟹丸は珠子のところに泊めてもらったのだ。

それで今朝は早起きして、魚市場で朝ごはんのおかずにするうまそうな魚を仕入れてきたのである。大きなアジを二匹、下ごしらえもしてもらったので、これをいまから七輪で焼いて食べる。

江戸橋を渡り切ったところで、

「あら」

向こうから雨宮五十郎と、いつもいっしょにいる岡っ引きと中間がやって来た。

「これは、珠子姐さんに蟹丸姐さん。そして可愛い桃子ちゃん」

雨宮は、同心には似つかわしくない満面の笑みで言った。

「雨宮さん。お早いんですね」

「今日は早番でしてね。魚市場界隈《かいわい》とやっちゃば界隈を回らなきゃならないんです」

「先日は、楽しい芸まで見せていただきまして」

「なあに。次は、箱根《はこね》の馬の真似でもしてみせますか。あっはっは」

雨宮は、照れているのか、うわずった笑い声を上げながら魚河岸のほうに去って行った。

それを見送って、

「雨宮の旦那、珠子姐さんにべた惚れみたいね」

「どうかしら。それより、岡っ引きの親分が、蟹丸を熱い目で見てたわよ」

「元豆腐屋の親分でしょ。笑えるぅ」

蟹丸はじっさい、身をよじるようにして笑った。

珠子たちに背を向けて歩いていた雨宮一行だが、半町ほどどして振り返ると、

「朝の光の下で見ても、珠子姐さんはいい女だよなあ」

と、雨宮は言った。

「珠子姐さんもいい女ですが、蟹丸姐さんもいいですよ」

そう言ったのは、岡っ引きの又蔵である。

「お、又蔵は蟹丸のほうが好みか？」

「好みなんてもんじゃねえです。あれは、天女《てんにょ》でしょ」

「天女ときたか。おいらは、珠子姐さんを口説きにかかる。又蔵は、蟹丸姐さんに取りついてみる。いいねえ」

「当たって砕けろですかね」

と、又蔵もけっこうその気らしい。

「そうなると、鎌一は可哀そうだよな。相手がいなくて」

雨宮がそう言うと、

「へっ」

鎌一は鼻でせせら笑った。

そのころ——。

朝飯を済ませた桃太郎は、

「留《とめ》。ちっと手伝ってくれぬか？」

と、朝比奈《あさひな》に声をかけ、庭に出た。

「秘剣の稽古か？」

「というより、小太刀のほうの稽古をしておきたい」

「小太刀？　屋内の戦いでもあるのか？」

朝比奈の顔が緊張した。

「そうではない。やくざと斬り合いになる場合に備えようと思ってな」

「やくざだったら、小太刀かな？」

「違うか？」

「あれは小太刀ではない。ドスだ。刀と思って対蹠《たいしよ》せぬほうがいいのではないか」

「あんたの言うとおりだ」

となると、稽古相手は朝比奈では駄目だろう。

本材木町三丁目の喜太郎《きたろう》長屋を訪ねることにした。

ここには、以前、弥兵衛《やへえ》長屋でいっしょだった棒手振《ぼてふ》りの伝次郎《でんじろう》がいる。商いに出ているかと思ったが、今日は市場には行かなかったらしく、

「これは愛坂さま」

寝ていたが、パッと起き直った。

「すまん。休んでたか?」

「昨夜、徹夜仕事ができちまいましてね」

「それはすまなかった。久しぶりだな」

と、桃太郎は玄関先に腰を下ろした。

「最近、雨宮さまと親しくされているとは、ほかから聞いてました」

「別に親しくもないのだが、なんだか頼られてな」

「やくざの件ですかい?」

「知ってたか?」

「ええ。あっしも耳にはしてるんですが、あっしの顔を知ってるのもいて、そっち関係の仕事はしないことにしてるんです」

「それはいい。ところで、そなた、ドスは使い慣れてるのかい?」

伝次郎は、かつては半分、やくざの道に足を入れたような小悪党だったが、南町奉行の筒井《つつい》和泉守《いずみのかみ》と出会って、町方の手伝いをするようになったのである。いまは、棒手振りの商売を装いながら、江戸の巷《ちまた》の騒ぎを見張りつづけている。

「そりゃあ、多少はね」

体つきを見ても、いかにも俊敏そうである。

「稽古相手になってくれぬか」

「なんで、また？」

訊きながら、茶の支度をしてくれる。出されたお茶は、うまいものだった。

「やくざと荒ごとに及ぶやもしれぬ」

「近ごろ、やくざの世界がきな臭いとは聞いてますが、まさか愛坂さまも関わっているので？」

「関わってはおらぬが、巻き込まれるやもしれぬ」

「連中は、なにせ卑怯というのが基本ですからね」

と言ったとき、桃太郎の腹に手刀が押し付けられていた。

「あ」

桃太郎が伝次郎の顔を見ると、笑っている。笑顔のままで、刃を向けることだってやると教えてくれたのだ。

「これが本物だったら……」

親指を折った四本指の手刀が、白く光ったように見えた。

「わしはお陀仏《だぶつ》か」

「やくざにはとにかく気を許さないこと」

「なるほどな」

やはり、連中と関わってはいけないのかもしれなかった。

第二章　願掛け掃除

一

桃太郎は朝飯を食べるため、今日も魚市場にやって来た。

かなり冷え込んだ朝になったが、うまい朝飯のためなら、これくらいの寒さは我慢する。

魚市場は、寒いほうが活気づくようにも見える。また、冬場の魚はうまいのである。タイ、サバ、フグ、ウナギ、ヒラメ……など、桃太郎の大好きな魚は、たいがい冬場が旬である。

市場に点在する飯屋でも、当然、これらの魚はうまく調理して、朝飯のおかずにしてくれる。

桃太郎が贔屓にしている飯屋の前に来ると、あんこう鍋が煮立っていた。いわゆるどぶ汁と呼ばれるやつで、冬の醍醐味《だいごみ》の一つだろう。

「おお、あんこう鍋か。たまらんのう」

と、縁台に座ると、

「あんこうは器量は悪いが、なにからなにまで味はいいという、うちのかみさんみたいなやつでね」

と、亭主は冗談を言った。

女房はさんざん聞かされているのだろう、怒りもしなければ笑いもしない。

「どぶ汁は丼でもらおうかな。それとタイはあるかい？」

「もちろんでさあ」

「刺身にしてくれ」

「へい」

「それと、サバを焼いてな、骨を取り除いて身をほぐしたやつは、経木《きようぎ》に包んどいてくれ」

「桃子ちゃんのおみやげですね？」

桃子も何度か連れて来たので、亭主もわかっている。

「あれがまた、うまそうに食うのさ」

ご飯にそのサバの身を入れてかきまぜてやると、じつにうまそうに食べるのだ。

「そりゃあ、赤ん坊だって旬の魚のうまさはわかりますよ」

「それで、わしの飯は少しでよいぞ。どぶ汁で腹がくちくなるからな」

桃太郎がそう言うと、

「飯は少しのほうが身体にはいいみたいですしね」

亭主は言った。

「そうなのか？」

「ええ。あっしが生まれたところは房州《ぼうしゅう》の小さな漁村なんですが、米が獲れなくて、干物やワカメで年貢のかわりにしてもらってるんです。もちろん、村のやつらは生まれてから死ぬまで、ほとんど米なんか食ったことがありません。魚と貝、それに海藻をふつうに食ってるんです」

「稗《ひえ》や粟《あわ》も獲れないのか？」

「ええ。だいたい、そんなものをつくってる暇があったら、海に出たほうが食いものはしこたま獲れますんでね」

「なるほど」

「でも、そんな暮らしじゃ村人は皆、短命だと思いますでしょう。ところがどっこい、これが意外でしてね。八十歳を超えた村人などはざらにいますし、あっしの祖父は百二歳まで生きました」

「百二歳！」

「だから、飯なんか食わねえほうがいいのかもしれませんよ。あっしも、江戸に腰を落ち着けて、米の飯を食うようになってから、なんか身体の調子が悪いんでさあ」

「ふうむ」

桃太郎は、飯を食べ終えた。もう一杯くらい食いたかったが、いまの話を聞いて、やめにした。

長屋にもどって来ると、住人たちが井戸端に集まっていた。

といっても、いちばん奥の夫婦と、珠子と桃子の四人だけである。

「どうした。なにかあったのか？」

桃太郎は声をかけた。

夫婦の亭主のほうが、

「世の中には奇特な人もいるものですな」

「そりゃあ、奇特な人もいれば、危篤になって死ぬ人もいる」

「………」

駄洒落《だじゃれ》は通じなかったらしい。

「どんな奇特な人だな？」

「路地がきれいになっているのに気がつきませんか？」

「うむ。よく掃《は》いたみたいだな。あんたがやってくれたのか？」

「いえ、生憎《あいにく》とあたしじゃないんです。じつは、その奇特な人がこの長屋の路地はもちろん、あたしの家の隅々まで掃除をしてくれましてね。大晦日《おおみそか》が迫っているときに助かりましたよ」

「いつ？」

「昨日の夕方ですよ」

「知らない者か？」

「なんでも、そっちの牧野《まきの》さまのお屋敷で、下働きをしてる人だそうで」

「藩邸の者がなんでまた？」

「願掛けをしたんだそうです。すると、百軒の家の大掃除をして回れというお告げがあったそうで、して回ってるんですと」

「願掛けとな……」

江戸にはいろんな願掛けがある。

橋の手すりに妙なものがいっぱいぶら下がっていたりすると、それが恋が叶うようにという願掛けだったりする。

この前は、薬師堂《やくしどう》の境内にあるもみの木の周りに、ずらっと飴玉が並んでいて、それは離れた男女がふたたび結ばれるための願掛けだったらしい。

そんなふうだから、どんな願掛けがあっても不思議はないが、それにしても百軒の家の掃除というのは解せない。

「変ですか?」

「変だな。もしかしたら泥棒が、あんたのとこに金目のものがあるか、見て回っていたのかもしれぬぞ」

これは冗談ではない。桃太郎がいたら、当然、それを疑うはずである。

「いやいや、そこまで考えたら可哀そうでしょう」

亭主はまったく疑っていない。

「あんたのとこだけか？」

桃太郎が訊くと、

「うちにも来ましたよ」

と、珠子は言った。

「やってもらったのか？」

だとしたら意外である。

「いいえ」

と、珠子は苦笑し、

「でも、願掛けというから、庭だけは掃いてもらいました」

「なるほど」

珠子の家と桃太郎の家のあいだは、一軒入っているが、先日、そこの住人は引っ越したばかりである。年末なので夜逃げと思いがちだが、なんでも手代をしていた倅が嫁をもらうので、この際、新しく家を建てて、いっしょに住むことにしたらしかった。

だから、珠子の家の隣は桃太郎の家になるが、

「わしのところには来なかったぞ」

「いなかったのでは?」

奥の亭主が訊いた。

「いや、昨日の夕方は留と将棋を指していた」

「では、お二人を見て、怖くなったのかもしれませんね」

「だったら、後ろめたいことがあるのだろうが」

なんだか解せない話だが、深く突っ込むほどではない。

桃子が猫の黒子《くろこ》を抱きかかえようとして、尻もちをついたので、

「おっとっと、大丈夫か」

と、その話はやめにした。

二

家に入ろうとすると、ちょうど医者の横沢慈庵《よこざわじあん》が朝比奈留三郎《とめさぶろう》の診察を終えて、帰るところだった。

「これは慈庵さん」

「愛坂さまは、いつ見ても元気そうですな」

「そんなことはない。しょっちゅう、わしは歳だなとがっかりしていますよ」

「まあ、一つ秘訣《ひけつ》を朝比奈さんに教えておいたので、聞いてください。では、また」

と、慈庵は帰って行った。

なんか、妙な雰囲気だった。

しかも、朝比奈もまた、なにやらむすっとしている。

「なんだ、秘訣とは？」

と、桃太郎は訊いた。

「うん。だが、桃には言っても無駄だろう」

「なんだ、それは」

「怒るか、あるいは鼻でせせら笑うだけだと思うぞ」

「まあ、聞いてからだ」

と、桃太郎は火鉢の前に座った。

「いやな。わしはたまに飯を食う気がせんときがあるのだが、家の者はとにかく飯を食わないと力がつかないから、食え食えとうるさくて——という話をしたのさ。すると、慈庵は頑張って飯を食う必要はないと言うのさ。それよりは、好きな魚を食べたり、具をいっぱい入れた味噌汁を飲んだりしたほうがいいと」

「ほう」

「わしも、飯は食いたくなくても、焼いた魚なんか食いたかったりするので、それはありがたい忠告なんだが、医者の言うことじゃないだろうと思ったわけさ。いよいよ見捨てられたのかともな」

「それはないだろう」

横沢慈庵はそんな医者ではない。

「それでな、慈庵がいろんな病人を診てきて思うのは、大飯食いほど寿命は短いというのさ。だが、わしはそいつはおかしいと言ったのさ。元気だったら飯もいっぱい食うし、それが滋養にもなる。そんなのは理屈に合わぬとな」

「慈庵はなんだと？」

「慈庵は、残念ながらそれは朝比奈さまが間違いだと。これは確信を持って言えることだと言い張るのさ」

「まあ、健康の秘訣で、腹八分目とは言うしな」

「いや、慈庵はそんなもんじゃ駄目だと、腹五分目でもいい、もっと少なくてもいいというのさ。飯は少なければ少ないほうがいい。その分、魚や野菜を食えとさ。そういえば、前にもそんなことを言われて、あんまり妙な話だと思ったから、無視して忘れていたんだけどな」

「ふむふむ」

「まるで、米は毒みたいな言い方だった。だから、わしもちと気分を害してな。そもそも米は年貢でもあるし、われらもそれで暮らしを立てているくらいだろうが。いわば国の根幹だわな。それを食わないほうがいいとまで言われるとな」

それで怒っていたのである。

「留の気持ちはわかる」

「だろう」

「だが、慈庵の言うことは当たっているかもしれぬぞ」

「え？」

朝比奈は、お前までどうしたんだという顔をした。

「じつはな……」

と、さっき魚市場で聞いたばかりの話をした。

「米を食ったことがない村人が長生き……」

「慈庵の話と合致するだろう」

「ううむ。いやな、わしは白米が良くないという話は聞いたことがあるのだ。落としてしまった糠《ぬか》のところに滋養があるのだとか、あるいは家康公《いえやすこう》のように玄米に麦を加えて食うのがいちばんよいとか」

「うむ。その話もよく聞くな」

「だが、米そのものとなるとな」

朝比奈は腕組みして唸《うな》った。

「しかし、わしらが常識だと思っていたことが、じつはとんでもない間違いだったということもあるからな」

そんなことは仕事をしていても、何度も味わってきた。

「まあな」

「年貢だって、米がいちばんいいかどうかはわからんと、わしも昔、考えたことはあったのだ。いろんな作物をつくり、金に換えたうえで、それを年貢にしてもいいではないかと」

「桃は、わしより考えが柔軟だからな」

「不良だからと言いたいのだろう」

「まあな」

と、朝比奈は笑った。

この話はそこまでにして、

「ところでな。昨日の夕方、ここに、願掛けしたので家や庭を掃除させてくれというう妙なやつが来ていたらしい。うちには来てなかったよな」

と、桃太郎は言った。

「いや、来たよ」

「来た？」

うわずったような声が出た。

「ああ、来たよ」

「いつ？」

「昨日の夕方」

「昨日の夕方は、わしとあんたと、ここで将棋を指してただろうが」

「そのときだよ」

「え？」

桃太郎は一瞬、わしは惚《ぼ》けたのかと不安になった。

「終盤、わしが猛攻に転じると、桃は長考に入って、まんじりともしなくなっただろうが。あのときだよ」

「ほんとか？」

確かに昨日の将棋はいい勝負になり、桃太郎もかなり入れ込んで熟考した。夢中になると、周囲のことがわからなくなるが、そこまでとは驚きである。

「そいつは入口のところで、やけに遠慮がちにのぞいてたから、わしは立って行って、どうした？　と訊いたのさ。すると、願掛けをして百軒の家を大掃除することになったのでさせてくれと」

「ああ、そいつだ」

「わしはかまわぬ、やってくれと言うと、この部屋も庭も、二階の桃の部屋も掃除して行ったよ」

「わしの部屋にも上げたのか？」

「ああ。なんか盗まれるとまずいから、そのときはわしもいっしょに上がって、掃除するところを見てたよ」

「そうだったのか」

「だが、変なやつだったな」

と、朝比奈は思い出すように言った。

「あれは、掃除をするというより、なんかチリを集めているという感じだったぞ」

「なにが？」

「チリを集める？」

「掃いたものを丁寧に袋に入れていたのさ」

「ほう、それは怪しいではないか」

「うん。いま、思えばな」

「なにを集めていたのかな？」

「わしが見た限りでは、抜け毛？」

朝比奈の推測に桃太郎は噴き出し、

「抜け毛を集めてどうするんだ？　しかも、わしらはもう、抜ける毛すらあまりないぞ」

と、笑った。

「じゃあ、綿ぼこり？」

「だって、庭まで掃いたんだろうが」

「そうだよな」

「昨日の天気はどうだったかな」

と、桃太郎は昨日を振り返った。

昨日は風が強かったが、よく晴れ渡り、冬にしては暖かな日だった。だから、洗濯ものもよく乾いたし、布団も干せた。窓も開けっぱなしにした。外からなにかが飛んで来て、家のなかに入っていてもおかしくはない。

「なにか、燃やしたってのはどうだ？」

と、桃太郎は言った。

「燃やした？」

「ああ、それが紙だとすると、燃えカスが風で飛んでしまったんだ」

「うむ」

「ところが、それには大事なことが書いてあって、燃えカスを集めて回らなければならなくなったんだ」

「なるほど」

朝比奈は大きくうなずいた。

「だからといって、それ以上、探るほどではないか」

どうも、このところ、謎めいたことがあると、すぐ解こうとしてしまう。

卯右衛門の依頼なら礼金がもらえたりするが、掃除の謎など考えても、一文にもならない。

桃太郎はそこで、考えるのをやめた。

三

それからしばらく剣の稽古に励み、桃子を見に行くと眠っていたので、散策がてら海賊橋のほうに足を向けると、

「愛坂さま」

と、そば屋のなかから卯右衛門が出て来た。

「おう。仕込みは終わったのか」

まもなく昼飯どきで、橋のたもとのそば屋は繁盛《はんじよう》するのである。

「終わりました」

「そういえば、あんたのところには願掛けの大掃除男は来なかったかね？」

「来ました。愛坂さまのところも？」

「うむ。わしはちと精神を集中させることがあったので相手をしなかったが、朝

比奈がそう言っていた」

「そこの下働きの男ですよ」

と、卯右衛門は顎《あご》をしゃくった。

丹後田辺藩《たんごたなべはん》の上屋敷である。前にもここの若殿のことで、ちょっとした騒ぎがあった。このあいだ、久しぶりに若殿を見かけたが、ちょっと大人びてきたように見えたので、他家のことながら安心したものである。

「願掛けとは、ほんとなのかな」

「と思いますよ」

「朝比奈が言うには、掃除をするというより、なにかを掃き集めているみたいだったらしいぞ」

「掃き集めると言っても、ゴミだのチリだのをですか？」

「あるいは、燃やした書類の燃えカスだったりするかもな」

「へえ。そういうこともありますか……」

と、そこまで言ってから、

「あ、愛坂さま。あの男」

田辺藩の表門わきの潜り戸《くぐど》から出て来た男に向けて顎をしゃくり、

「あれが掃除に来た男ですよ」

「あいつか」

歳はまだ四十にはなっていないのではないか。ただ、小柄なうえに猫背気味なので、ずいぶんな小男に見える。下働きの男と言っていたが、いまは細身の短い袴《はかま》をはいていて、小刀を一本差している。

「百軒分は終わったのかな」

桃太郎は言った。

「百軒の掃除は四、五日はかかるでしょうね」

だが、いまはホウキも持っていない。達成したか。あるいは、まるっきりの嘘《うそ》っ八《ぱち》だったかだろう。

男は周囲を見回し、塀に沿って歩き出した。

「怪しいな。つけてみよう」

桃太郎はそう言って、跡をつけ始めた。

男は藩邸の東の端まで来ると、道の向こうを窺《うかが》うようにした。藩邸の東側に沿った道は、日本橋川に突き当たり、そこは鎧《よろい》ノ渡《のわた》しの南岸になっている。ちょうど渡し舟が着いたらしく、五、六人がこっちに歩いて来るところだった。

男はそのようすを見ると、来た道を引き返し、表門を通り越して海賊橋のところまで来た。そこでもさりげなく周囲を窺っている。

誰か来るのを待っているようでもある。

この藩邸は、北側が日本橋川に接し、西側が楓川と接している。確かめたことはないが、たぶん川のほうに藩士が出入りできる船着き場はありそうである。だが、男はそっちのほうは気にしていない。

桃太郎はそっと近づき、

「昨日は掃除してもらって助かった」

と、声をかけた。

「え」

男はちょっと慌てたような顔で桃太郎を上から下まで見た。

桃太郎のいまの恰好は、着古した着物を着流しにして、短めの刀を一本、落とし差しにしている。御家人あたりの隠居くらいに見えるだろう。

「だが、掃除のようには見えなかったな」

「……」

「もしかして、なにか集めていた？」

男はしばらく黙って、上目使いに桃太郎を見ていたが、

「ご老体は仕事で訊《たず》ねられているのですか？」

と、訊いた。

「いや、わしは近所に住むただの隠居だよ」

「ならば、余計なことにしゃしゃり出ぬほうがよい」

そう言って、男はくるりと踵《きびす》を返した。

いまのは脅し文句に近かった。ずいぶんな態度ではないか。

とても神仏に願掛けをして、百軒の家の大掃除をするような謙虚な人間とは思えない。

「ふうむ。気に入らぬな」

脅されると、桃太郎は反対のことをしたくなるのだ。

といって、いまのところ、探るための手がかりはない。

午後になって、珠子が湯に行ったり身支度をしたりするあいだ、桃子を預かってくれと頼まれた。もちろん、嫌なはずがない。

またも例の妙な帯紐を結びつけて、桃子を歩かせることにした。

風はないが、かなり冷える日である。それでも桃子は、歩くのに夢中で、すぐに身体も温まるものらしい。

「おいおい桃子、あまりじいじを引っ張るな」

そう言いながらも、嬉しそうについて歩いている。

ふと、桃子がかがんだ。

なにか拾ったらしい。

「あ、なにを拾った。食べては駄目だぞ」

慌てて駆け寄った。

「なんだ、それは？」

桃子が拾ったのは、小さな紙切れだった。桃子の小指の爪ほどの小ささで、なんでこんなものが目についたのか不思議なくらいである。

「汚い、汚い」

と、取り上げてからもう一度見ると、墨のついたところと白いところがある。どうも、文字を書いた紙を、小さく千切ったものらしい。

――もしかして、これか？

と、桃太郎は閃《ひらめ》いた。

なにかが書かれた紙を小さく千切って、風に飛ばしてしまった。それをさっきの男は、願掛けだなどと言って、拾い集めようとしていたのではないか。

桃太郎が考え込んでいると、桃子がまた歩き出した。

向こうで手招きしている大家の卯右衛門に気づいたらしい。

卯右衛門はみかんを手にしていて、それで桃子を釣るようにゆらゆらさせたりしている。

「ほら、桃子ちゃん。おいしいみかんだよ。大家のおじさんが剝《む》いてやろうか」

「はしゅはしゅ」

みかんは大好きなので、桃子は両手を前に出した。

「はいはい、いま、あげるよ」

卯右衛門はみかんの皮を剝きながら、

「愛坂さま。なにか難しいお顔をなさってましたね」

と、言った。

「うむ。じつはいま、桃子がこれを拾ったのだ。あの男が大掃除のふりをして探してたのは、これではないのか」

桃太郎は、紙片を卯右衛門に見せた。

「ははあ、なるほど。そういえば、これくらいの紙がうちの庭にも落ちてましたわ」

「そうか」

「なんなんでしょう？」

「借金の証文あたりが臭いか」

「でも、それだったら、消えてしまったほうがありがたいでしょう。わざわざ探そうとはしないのでは？」

卯右衛門は剝き終わったみかんを、一粒ずつ桃子の口に入れてやる。桃子がそれをいかにもうまそうに食べる。

「借金の証文でないとすると……」

「意外に姫さまの恋文だったりして」

「姫さまの恋文？」

「ええ。姫さまが誰かに懸想《けそう》して恋文を書いたんです。でも、そのことがばれそうになって、慌てて細かく千切り、風に向けて抛《ほう》ったのです。だが、お父上の殿さまは、いったい誰に書いたのかと、下男を使って探らせているわけです」

「ほほう」

と、桃太郎は感心し、

「面白いね」

じっさい、それはあり得るかもしれない。

「でしょ」

「あんた、なかなか洒落たことを考えるね」

「あたしはこう見えても、歌心《うたごころ》のようなものはあるんです」

「歌心ね」

桃太郎は鼻で笑い、それから卯右衛門が持っていたもう一個のみかんを、

「おっと、それは駄目だ」

と、慌てて取り上げた。また剝いて食べさせようとしたからである。

桃子はあげればいくらでも食べるので、あまり肥《ふと》らせないでくれと、珠子から厳命を受けているのだ。

だが、桃子はべそをかき始め、桃太郎はご機嫌取りに大わらわとなった。

四

それから一刻（二時間）ほどして――。

桃太郎は卯右衛門のそば屋で遅い昼飯を食べ、壁に寄りかかって、ゆっくりそば湯をすすっていた。

すると、外の縁台に座った男たちの話し声が、障子窓を通して聞こえてきた。外にも縁台がいくつか置いてあり、夏は外のほうが賑わうくらいだが、年末近いいまは、外で食う客は珍しい。

「まったく小田切《おだぎり》さんはなにをしてるのだろう」

「ここに来ると言ったのか」

「ああ、毎日、昼どきにここに来るからと。わしらも、予定通りに到着できるかはわからぬからな」

「捕まったのかもしれぬぞ」

話しているのは四人である。

京訛《なま》りに似た田舎言葉を話している。

「こうなったら乗り込むか」

「駄目だ。江戸屋敷はだいぶ西木《にしき》さまに手なずけられている。いまどき、わしらが予告もなく現われたら、大騒ぎになってしまう」

「そうか。ご家老も思ったよりやり手だったからな」

「そういうことではな」

「あの人はすぐれた政策ではなく、人を操ることだけで生きてきたのだ」

「四人だけで乗り込んでも、どうにもならぬか」

「せめて誰が味方で誰が敵かわかれば、出て来る者に相談できるのだがな」

「ううむ。もう一日、待つか」

だいたい話の見当はついてきた。

この目の前にある丹後田辺藩の話である。

どうやら江戸家老に対する反対派が、思い余って江戸に出て来たらしい。小田切というのが、江戸藩邸内にいる仲間で、今後の動きを相談することになっていたが、会えないので困惑しているのだろう。

「ははあ、なるほど」

なんとなくぴんと来たことがある。

桃太郎は外に出て、男たちを見ると、いずれも旅で汚れた風体をした武士たちで、編み笠をかぶったままである。

「ちと、失礼」

と、桃太郎は近づき、

「おぬしたち、連判状《れんぱんじょう》は書かなかったか?」

いきなり訊いた。

「誰だ、そのほう?」

ギョッとしたらしい。

一人は刀に手をかけさえした。

「おっと、慌てるでない。わしは近所に住むただの隠居だ。じつは、近ごろ、こんなことがあってな」

と、武士たちの隣の縁台に腰を下ろし、願掛けの掃除から細かく千切った紙片のことまでを手短に語った。

「そんなことが?」

「うむ。それで、そなたたちの話を聞き、もしかしたらと思ったわけさ」

「なるほど」

「ま、連判状だったとしても、藩とは関わりのないわしのような年寄りに、そうだとは言わぬだろうがな」

桃太郎がそう言うと、四人は黙って互いに見つめ合った。

この年寄りが信用できるか、相手の意見が訊きたいのだろう。

桃太郎は、そんな思惑は無視して、

「藩邸に座敷牢かなにかはあるかな?」

と、訊いた。

「座敷牢はあります」

「ちと、場所を教えてくれ」

と、桃太郎は立ち上がった。

五

藩邸の塀沿いに東に向かって歩き、東の端の手前で立ち止まり、

「この向こうのあたりが座敷牢になっています」

と、一人が言った。

「なるほど」

あの日は強い東風が吹いた。紙切れが飛ばされ、塀を越えたなら、ちょうど卯右衛門長屋あたりに飛んで来てもおかしくはない。

桃太郎は、

「ここではまずい」

と、近くの山王旅所《さんのうたびしょ》の境内まで連れて行き、振り向いて、

「悪いのは江戸家老の西木か？」

いきなり訊いた。

「え」

四人はまたもギョッとして、桃太郎を見た。編み笠の下の目が、まるで天狗でも見たように見開かれている。

「そう驚くでない。あんたたちの話のなかに、ご家老という言葉も、西木という名前も出てきている」

「そうでしたか」

「藩内のことと、江戸の町とはまるで関係がないなどとは思わないほうがいい。

買い物も近所ですれば、近所から女中奉公に上がる者もいる。魚屋や八百屋も毎日、出入りする。なかの評判や、藩の特徴などは、自然と知れ渡るのだ」

「なるほど」

と、四人はうなずいた。

「ご家老の名は、たしか西木右京亮《うきょうのすけ》さま」

聞いたことがあったのは、いま、思い出した。

「そうです」

「この近所でも評判は悪いな」

と、桃太郎は声を落とした。

「やはり？」

「うむ。近くの長屋の娘を見初《みそ》めて、屋敷に女中として入れるや、さっそく手を出し、妾にしてしまったらしいな。行儀見習いのために屋敷に出したのにと、親はずいぶん怒っているそうだ」

これは卯右衛門から聞いた話。

「そうなんですか」

国許《くにもと》の藩士は知らなかったらしい。

「浪人になる藩士も多いと聞いている」

と、桃太郎はさらに言った。

魚屋や八百屋は、女中たちからそんな話まで仕入れてくる。

「そうなのです。西木さまは、藩政改革と称して、なんとか藩士を減らそうとしています。なんのことはない、反対派に汚名を着せ、処分したいだけなのですが」

「それで、紙切れの話にもどるが、あんたたちの仲間で捕まりそうな者がいるわけだ。さっきの話だと小田切さんか」

四人は、もうこの人には隠してもしょうがないというようにうなずき合うと、

「小田切琢磨《たくま》といいます」

「おそらく小田切琢磨は、なんらかの理由で捕まり、座敷牢に入れられた。懐かあるいは帯のなかにでも仕込んだか、とにかくどこかには、そなたたちから預かった連判状があった。むろん取り上げられたら大変だ。そこでできるだけ細かく千切って、風に流した。だが、そのことも西木に気づかれた」

「なるほど」

「数日前、強い風が吹いた。だが、天気はよかったので、ここらの家のものは

皆、久しぶりに窓などを開け、家に風を入れていた。たいがいは、外に散って、そっちはそっちで探したのだろうが、家のなかに入った分もあったに違いない。願掛けの掃除だと偽った男はそれを集めて回った。歳は三十半ばくらい。猫背で小柄、いかにも密偵面《みっていづら》をしたやつだ」

桃太郎がそう言うと、

「六兵衛《ろくべえ》だ」

「あいつに間違いない」

「畑山《はたけやま》六兵衛というやつです」

と、桃太郎に名前を明かしたが、その声音にどことなくホッとしたような感じがあるのは意外だった。

「密偵面とおっしゃいましたが、あいつ、根はなかなかいいやつなんです」

「そうだよな」

「なんか無理やり西木さまに江戸詰めにされて、困惑していたんだ」

「二年前になるか」

「去年、女房に子どもが生まれただろう。あいつ、顔を見たくてたまらないらしいぞ」

四人の話で、桃太郎もあの男の見方が変わってきて、

「まあ、密偵などをやっていると、なにか真人間ではないような気になるが、しょせんは人間だからな」

と、言った。じっさい、桃太郎がしていた目付の仕事も似たようなものだった。

「なんとか、あいつをこっちに引き込みたいな」

「やれるだろう」

「だが、小田切を出すのは難しいぞ」

「どうしよう？」

「同じ藩士で同士討ちのようなことは避けたいしな」

四人は考え込んだ。

「藩主はいま、どこにおられるのだ？」

「まもなく国許に帰られるが、いまはまだ江戸屋敷に」

「それはいい」

桃太郎はにやりとし、

「智慧《ちえ》を授けようか」

と、言った。

六

そのころ――。

珠子は桃子を連れて、瀬戸物町の置屋にやって来た。

玄関のわきには、もう門松《かどまつ》ができていた。この世界は、こういうことはさっさとやる。

夏の火事では、この置屋が捕物のとばっちりで火元になってしまったが、いまは新しく建て替えられている。

一時は、経営も危うかったらしいが、売れっ子の珠子が引退の予定を変更して芸者をつづけたこともあって、なんとか軌道に乗ったらしい。もちろん女将の珠子への感謝は、大変なものである。

「あら、桃子ちゃん。もう歩いてるの？」

女将も桃子が歩いているのには驚いた。

「そうなの。ここんとこ、急に歩きたがって、今日も抱っこしようとすると怒るとこ」

「ますますあんたに似てきたわね。こりゃあ、美人になるわ。いまから、唾《つば》つけのよ」

女将はほんとに指を舐め、それを桃子のほっぺにつけた。

「やめて、女将さん。芸者にはさせない」

「あら、どうして？　あんたみたいになれたら、そこらの女将さんになるよりずっと幸せでしょうよ」

女将は本気でそう思っている。なまじ嫁になんかしてもらうと、男のわがままで苦労させられるだけで、それよりは芸者をしながら勝手気ままに生きたほうがずっと幸せだと、これは女将の昔からの人生訓である。

珠子もそう思わないこともないのだが、好きな男のわがままで苦労するのも女の幸せかもと、思うときもある。

「ま、それは桃子が選ぶことよね。芸者になりたいって言ったらしょうがないし」

「そうよ。あ、そういえば、さっき、東海屋さんがいらっしゃって」

「東海屋？」

珠子は首をかしげた。

「知らないの？」

「誰だっけ？」

「蟹丸の兄さんで、宿屋や運送屋もなさってる」

「ああ」

と、珠子はそっと眉をひそめた。

「ここんとこ、うちの芸者をずいぶん贔屓にしてくださってね」

「そうなの」

「さすがに珠子は遠慮してたんだけど、今度、大事なお座敷があるので、ぜひって来てたのよ」

「大事なお座敷って？」

「それが町年寄の喜多村彦右衛門《きたむらひこえもん》さまのお座敷なの」

女将は嬉しそうに言った。

江戸の町は、町奉行所が支配しているように思われがちだが、じっさいのところは自治組織がしっかりしていて、むしろ江戸の日常は自分たちが管理していると言ってもいいくらいである。

その自治組織は、ほぼ二百五十人ほどいる町名主が担い、その上にいるのが三人の名主とも言われる町年寄だった。

町年寄は世襲である。奈良屋《ならや》、樽屋《たるや》、喜多村の三家で、三家とも室町《むろまち》の周りに豪邸を構えていた。

その政治力といったらたいそうなもので、町奉行ですら町年寄の三人の協力がなかったら、とてもやっていけないほどである。

むろん、置屋の女将からしたら、いちばん大事にしたい客だった。

「喜多村さまがねえ」

珠子はとくに嬉しがりもしない。

一度、お座敷で会ったことがある。自分の唄が大好きだとは聞いている。まだ五十ちょっとくらいの歳か。代々の町年寄らしく、若旦那がそのまま大人になったような、軽さと鷹揚《おうよう》さを感じさせた。

「蟹丸もいっしょだって」

「蟹丸は承知したんですか?」

兄の座敷は嫌がっていた。

「だって、〈春日井《かすがい》〉の女将にも挨拶して来たってよ」

「へえ」

「料亭は〈百川〉。昼と夜の二回」

「昼と夜？」

「そのかわり、どっちも長引かせないって」

「ふうん」

百川のお座敷なら安心感もある。たぶん、おじさまも桃子を連れて、いっしょに来てくれるだろう。

「頼んだわよ」

断わる理由もとくにない。

蟹丸のためにも、いっしょにいてやったほうがよさそうだった。

七

「なぜ、そこまで？」

丹後田辺藩の武士が、編み笠を取って、桃太郎に訊いた。

一人が取ると、ほかの三人もいっせいに編み笠を取った。いずれも若い。三十代と二十代くらいの、いかにも純朴そうな若者たちである。

「うむ。それは近所で赤穂《あこう》浪士みたいなことが始まったら、わしらも迷惑するだろうよ。火事が出たりもしかねない。すると、わしの可愛い孫がそれで逃げ惑い、次の住まい探しで苦労するかもしれぬだろう」

「お孫さんのためですか?」

「わしのすることは、たいがい孫のためなのさ」

桃太郎がそう言うと、四人はどうにもぴんと来ないような薄笑いを浮かべた。

「それで、お智慧というのは?」

「まずは、六兵衛を引き込もうではないか」

「それはかんたんです」

と、一人がうなずいた。

「おう、呼んで来てくれ」

仲間が言った。

「ああ」

一人が境内から出て行った。

「あいつは六兵衛と猟をいっしょにしていた仲間で、合図の口笛があるんです」

「なるほど」

と、桃太郎は納得した。

まもなく、さっきの武士が六兵衛を伴ってもどって来た。

六兵衛は、桃太郎を見ると、怪訝そうな顔をして、

「この人は？」

と、藩士たちに訊いた。

「近所の方だ。たまたまなのだが、わしらに加勢をしてくれることになった」

「そうなので？」

六兵衛はまだ納得いかないらしい。

「そば屋のあるじが大家をしている卯右衛門長屋に住む愛坂桃太郎と申す」

遅ればせながら名乗った。

「ああ、わたしが行ったとき、将棋を指してた人ですか」

と、六兵衛は笑った。

「うむ。そうだ」

「ずいぶん真剣に考えてましたよねえ」

よほど間抜けな年寄りに見えていたらしい。もっとも六兵衛の笑顔も、打って

変わって間抜け面になっている。

「六兵衛、小田切さんはどうしている?」

仲間が訊いた。

「西木さまに睨まれて、いま、座敷牢に入れられている。国許であんたたちが、いろいろ画策《かくさく》していることはわかっている。江戸屋敷の中心が小田切さんだということは勘づいたみたいだ」

「殿は知っているのか?」

「いや。だが、こっちにいるあいだにだいぶ西木さまと近くなられたようだ」

「そうか」

「国家老の大橋《おおはし》さまのことを、殿はもはや信じていないだろう」

「大橋さまはいい人だぞ」

と、仲間は言った。

「大橋さまがいい人だというのは、わしも認める」

「だろう」

「だが、政《まつりごと》というのはいい人がやればいいというわけでもない気がする」

六兵衛はなかなか微妙なところもわかっている。

「もっともだ」

「わしはこの何年か、ずっと西木さまの命令ばかり聞いてきたから、かんたんに頭の切り替えはできない」

「そうだろうな」

「西木さまの政はよくないという例を示してくれないか」

と、六兵衛は言った。

「例？」

「ああ。それはほんとにひどいと思ったら、考えてみる」

「例えばだぞ、いま、西木さまは開拓をどんどん進めている。百姓たちはそれでたいへんな思いをしている」

「だが、いま、苦しくても、耕作地が増えれば、米の収穫も増えるだろう」

「いい耕作地ならな。山川村《やまかわむら》に胡桃《くるみ》の森と呼ばれる丘陵地があるのは知っているか」

「知ってるとも。あそこは子どものころ、ずいぶん遊びに行ったもんだ。猪《いのしし》に追いかけられて逃げ回ったこともある」

「あそこも耕作地にしようとしている」

仲間がそう言うと、六兵衛は呆れた顔をして、

「あそこは、丘だろうが。水を引いて田んぼにするのは容易じゃないぞ」

「そうだ」

「しかも、あそこは、胡桃の森と言われるくらい胡桃の木がいっぱいあって、あれのおかげで三年前の日照りのときも、山川村は餓死者を一人も出さなかったんだ」

「そうなのだ。だが、西木さまは胡桃など年貢にはならぬと。この国の根幹は米だ。胡桃などいくら生っても、藩は潤わぬと」

どこにも米の狂信者がいるらしい。

「馬鹿じゃ……いや、馬鹿になったみたいなことを」

「そういったことが、山川村のほかにもいっぱいある」

「それは駄目だ。年貢になるなんてことだけで土地を見たら、国がおかしくなるぞ」

六兵衛は頭を抱えた。

「六兵衛の言うとおりだと、われらも思っている」

「そうか。西木さまはそういう人だったのか。確かにあの方はひどい。女癖がひ

どいのにもうんざりしていたが」

「そんなにひどいのか？」

「ああ、ここらで若い娘に目をつけては、自分の妾にしているのだ」

六兵衛がそう言ったので、桃太郎は、

「ほらな」

というようにうなずいてみせた。

「それで、小田切さんに預けた連判状というのがあるのだ」

と、仲間が言った。

「ああ。それがあると西木さまも耳にしたのだが、一足早く小田切さんは細かく千切って窓から撒いてしまったのだ。西木さまもそれに気づき、わしはこのあたりを回って集めているわけさ」

と、六兵衛は桃太郎を見た。

「愛坂さまは、それを見破ったのだ」

仲間がそう言うと、

「そうなので」

六兵衛は目を丸くした。

「それで、紙片は集まったのかな？」

と、桃太郎は訊いた。

「だいぶ集まりました。ほとんどは、塀の内側に落ちてましたので」

「なるほど」

「でも、細かすぎて、ただのチリに過ぎません」

六兵衛がそう言うと、

「小田切は几帳面《きちようめん》だからな」

「ああ。たぶん粉にでもするつもりで千切っただろうし」

と、仲間たちは笑った。

「ところが、西木さまは、なんとか復元いたせとおっしゃっているのだ」

六兵衛はそう言って、顔をしかめた。

「そうなのか」

「わしもできるわけがないと思ったが、西木さまはじいっと睨んでいれば、いつか必ず見えてくるものだと」

「にらめっこの勝利じゃあるまいし」

「西木さま得意の無理難題だ」

「まあ、連判状に書かれた名前は、知られないので一安心だが」

仲間たちがうなずき合ったのを見て、

「わしの授けたい智慧はそこだよ」

と、桃太郎は言った。

「どういうことです？」

「贋《にせ》の連判状をつくるのさ」

「贋の連判状……！」

「それを復元できたと西木に届ければいい。しかも、その連判状には、西木を追い詰めそうな名前を大勢、書き連ねておくのさ」

「ははあ」

「どうじゃ？」

「やりましょう」

と、五人は人選にかかった。

場所は、卯右衛門のそば屋を借りた。いまどきは客もいないし、店の者は皆、奥の部屋で仮眠を取ったりしている。

「まずは、山県《やまがた》さまだ」

「奥平《おくだいら》さまの名も借りよう」

「もともと奥平さまは、われらの味方だ」

名前はどんどん出てくる。それに血判を押していく。もちろん、本人のものではないが、しょせん血判などは滲《にじ》んで、判別などできないのだ。

「ぜったいに関わりそうもないような人物も入れといたほうがよいぞ」

と、桃太郎が忠告すると、

「岡谷《おかや》がいい。あいつは西木さまの遠縁だ」

「そうなのか。あいつはひどいぞ。勘定方《かんじょうがた》にもう五年もいるが、一度もそろばんをはじいたことがない。商人でもあるまいし、そろばんなどやれるかと言っていた」

「だが、藩費の計算はせねばなるまい」

「指を使ってやってるよ。そのかわり、端数はすべて消される」

「どんぶり勘定もいいとこだな」

聞いていると、よくもまあ、そうした藩士を抱えてやってきたものだと、桃太郎は感心して、

「いやあ、貴藩は人材豊富だな」

などと言ってしまった。もちろん皮肉である。

贋の連判状はさほど苦労せず出来上がった。

「では、これをいったん細かく千切って、できましたと西木さまに差し出します」

さっそく六兵衛は立ち上がった。

「うむ。わしが智慧を出せるのはそこまでだ。あとは、健闘を祈るとしか言えぬ」

桃太郎はそう言って、六兵衛たちと別れた。

八

桃太郎は、藩士でもないのだから、この一件は結末まで見届けることはできないと思っていた。まあ、あの若い藩士たちが、どうなったかくらいは報《しら》せてくれるだろうと。

ところが——。

それからわずか半刻ほどして、その結末を見届けることになったのである。

桃太郎は、珠子が化粧などお座敷の支度をするあいだ、桃子を遊ばせることにして、例の帯紐を結んだまま、海賊橋のたもとにやって来た。

すると、右手にある丹後田辺藩邸の表門わきの潜り戸が開き、初老の武士が若い女の手を引いて現われたのである。

「ご家老、嫌でございます」

と、女は言った。この女中らしい。

初老の男は嫌がる女中の手を引き、

「大丈夫だ。そなたには、この先、金の心配はいっさいさせぬから」

と、必死で言いくるめようとしている。

「そんなことより、ご家老さまといっしょに暮らすなど嫌でございます」

女中はそう言って、初老の男の手を振りほどき、藩邸のなかへと逃げ込んでしまった。

「糞《くそ》っ。なんてことだ」

初老の男はそう言うと、四角い風呂敷包みを大事そうに抱え直し、覚束《おぼつか》ない足取りで海賊橋を渡って行った。

——もしかして……。

いまのは江戸家老の西木右京亮ではないか。

桃太郎は追いかけたい気もしたが、桃子がいっしょである。諦めて見送っていると、ふたたび潜り戸が開き、六兵衛やさっきの四人の若い武士が顔を見せた。

「あっちへ逃げたぞ」

桃太郎が海賊橋のほうを指差すと、

「ええ。追ってもしょうがないでしょう」

と、六兵衛が答えた。

「いまのは……？」

「はい。西木右京亮さまです」

「やはり。だが、もう決着がついたのか？」

と、桃太郎も驚いて訊いた。

「ええ。薄々は、国許で西木さまに対する非難の声が高まっているというのはわかっていたようです。それで、あれを見せると、あやつもか、あやつもかと、衝撃を受けたみたいでして」

「連判状が偽物だとは疑いもしなかったのか？」

「むしろ、大いにあり得ると思ったようです」

「すると、後でわかるかもしれぬな。逆襲に転じる心配はないのか？」

「もう大丈夫です」

と、若い藩士は笑った。

「どうした？」

「西木さまは醜態《しゅうたい》をさらし、藩金を奪って逐電《ちくでん》しましたから」

「逐電とな」

もしかしたら、自害するかなと予想していたが、意外だった。

「妾にしようとしていた女中を連れ出そうとし、勘定方の部屋から金庫ごと奪って行こうとしたのです。だが、女中は逃げて来ましたし、殿の参勤交代のため、藩金は別のところに移したため、金庫には数十両くらいしか入っておりませぬ」

「ははあ」

強権を振るった江戸家老にしては、ずいぶんな末路を迎えてしまったようである。

「殿も、数十両なら慰労金だ。追わなくてよいと」

「それでは二度と顔は見せられぬわな」

と、桃太郎は納得し、

「ところで、西木どのはお幾つなのだ？」

「五十八だったかと」

「……」

桃太郎と同じ歳ではないか。

迷い多き歳ごろなのだろう。人生に勝ったようなつもりでいると、ああした落とし穴が待っていたりもする。堂々たる見た目が、一転してああいう無様なことにもなりかねない。男の六十前後は、危うい歳ごろなのだ。

桃太郎は、去って行った西木右京亮に、共感まではいかないが、なにやら憐れみを覚えていたのだった。

九

その翌日——。

東海屋千吉は、百川の昼のお座敷で、町年寄の一人・喜多村彦右衛門にまんまと取り入っていた。

運送業の駆け出しということで、会わせてもらった。

鎌倉河岸の佐兵衛の紹介で、昼の会合の席に出させてもらい、その日のうちに夜の席でもう一度会う約束を取った。昼の席にはほかに二十人ほどいた。芸者も来ていて、珠子と蟹丸もいた。いまや、江戸のお座敷に珠子と蟹丸がいなかったら、二流の宴と言われるくらい、この二人は人気がある。

相当な大店の旦那でさえ、この二人はなかなか揃えられない。

それが、東海屋千吉が口を利いたら、この二人が揃った。しかも、急なお座敷だったにもかかわらず。

運送業の連中は、

「ほう」

と、なった。招かれていた町年寄の喜多村も、東海屋という新興の運送屋のことは目に留まったはずである。

さらに千吉は、喜多村に近づき、

「今晩、四半刻だけですが、四畳半で珠子と蟹丸の二人の唄をみっちり聞けるのですが、いかがです？」

と、囁《ささや》きかけた。

「嘘だろ」

喜多村は目を丸くした。

「いえ、あたしもずいぶん苦労したのですが、どうにか押さえました」

「珠子と蟹丸を」

喜多村は唄が大好きである。

もちろん習ってもいる。喉もよく、節回しはお世辞半分にしても、玄人《くろうと》はだしと評判である。

珠子の唄は以前から大好きで、珠子作の小唄はぜんぶ唄えると豪語しているくらいである。

前に五人の宴席に珠子を呼んだことがある。

嬉しくて、珠子が帰ったあと、腰が抜けるくらい酒を飲んだ。

「今度は、お一人で呼べばいいじゃないですか」

と、同席した者に勧められたが、

「いや、それはいい」

と、首を横に振った。たぶん珠子のことが好き過ぎて、差し向かいになっても、話もできないし、そうなると逆に嫌われてしまうだけだろうと。珠子は、何人かと宴会で会うからいいのだと。

それは喜多村の本心だった。

その珠子の次に気に入っているのが蟹丸である。

珠子とはまるで違う味わいがいいのだと。珠子のお座敷も明るいが、どこかしっとりしている。季節でいえば、珠子は春か秋の芸者、蟹丸は夏か冬の芸者ではないか。蟹丸の座敷は、ほんとに自分まで若返ったみたいに浮き浮きしてくる。

その二人と、四畳半である。

一対一の差し向かいでないのもまたいい。東海屋が同席してくれるし、女も二人いっしょのほうが気楽なのである。

夢のような誘いだった。

「東海屋」

と、喜多村は言った。

「はい」

「貴公は、日本橋の銀次郎から盃《さかずき》をもらっているらしいな」

「ええ」

さすがに江戸の三名主の一人で、そこらはちゃんと耳に入っているらしい。

「言っておくが、わたしは滅多《めった》にそちらの世界にはかかわらないよ」

「もちろんですとも」

「それに、わたしはやくざの世界については、すでに定見《ていけん》を持っている」

「どのような」

「やくざをこの世からなくすことはまず、できない。人間にはもともと悪の種が備わっている。つぶそうとしても、しょせんもぐら叩きになるだけだ」

「ははあ」

「しかも、やくざを生み出すバクチというのも、この世からなくせない。人間にはバクチ欲《よく》も備わっている」

「おっしゃる通りです」

「しかも、はみだし者を野放しにするより、やくざの枠に入れたほうが、抑えも利く。やくざの組は、その受け皿にもなる」

「卓見《たっけん》です」

「だから、やくざは上手に扱ったほうがいい」

「上手にとおっしゃいますと？」

「やくざは、均衡状態にさせておくべきなのだ。つまり、二つの大きな組が競り合うくらいの状態にさせておくのがいちばんいい」

「なるほど」

「わたしは、なにを囁かれようが、この考えに変わりはないよ」

「いや、あたしもそう思います。まったく喜多村さまと同意見でございます」

「そうかい。それなら、今夜の席は、出させてもらうよ」

喜多村彦右衛門がそう言うと、東海屋千吉は我が意を得たりというように、嬉しそうに笑ったのだった。

第三章　冬に溺《おぼ》れた男

一

夕方である。

年末の夕方は、やり残したことがあるような気がして、なにか落ち着かない。猫の黒子よりやや忙しい程度に暇な桃太郎に、そんなものはもう、あるわけはないのだが。

珠子が湯に行くので、桃子を預かった。

桃子はまだ湯屋には連れて行けない。だいたいが、湯屋の湯は意地悪をしているのではないかと思うほど熱過ぎて、赤ん坊など入れたら火傷《やけど》してしまう。ちょっとつけただけでも泣き喚《わめ》くだろう。洗い場もつるつる滑って危ないし、うんちやおしっこも教えられない。湯舟でされたりした日には、大騒ぎになるだろう。

このため、まだ産湯をつかわせているが、それはもう済ませた。

冷えて風邪をひかないよう綿入れを着せ、足袋《たび》もはかせて歩かせる。もちろん、例の帯紐は忘れない。

海賊橋のたもとまで出て来たときである。

「溺れてるぞ！」

慌てたような声がした。楓川で騒ぎが起きている。走って行く者もある。

ぶつかったら危ないので、桃太郎は桃子を抱き上げた。

別に見たくもなかったが、橋の上に卯右衛門がいるのに気づいたので、つい足を向けてしまう。

「どうした？」

「あ、愛坂さま。ほら、溺れてるんですがね」

卯右衛門は日本橋川に入り込む北側を指差した。

薄暗いので顔まではっきりは見えないが、橋から十四、五間ほど向こうでバシャバシャやっている男がいる。

「助けろ」

と言っている者もいるが、この寒さだとさすがに飛び込もうとする者はいない。

「おい、そこの舟、こっちに来い」

と、上流の舟に声をかける者もいる。

「でも、あの岸にいる男は、助けなくていいと言ってるんです」

「なに？」

桃太郎は耳を澄ました。

確かに、溺れている男の近くの岸に別の男がいて、

「いいんだ、いいんだ。大丈夫だから。こいつは泳げるんだから」

と、言っていた。

「なんなんだ？」

と、桃太郎は卯右衛門に訊いた。

「わからないんです。昨日もやってたんですよ」

「昨日も？」

「謎ですよね」

卯右衛門は嬉しそうに言った。

謎ではあるが、桃子の無事に関係しない謎は別に解かなくてもいい。

「また、やりますよ、きっと」

「そうかね」

溺れていたらしい男は、岸に上がったようだ。

見ただけでも、寒けがしてくる光景だった。

「このあたりのやつですかね?」

「わしは知らん」

「うーん、大いなる謎ですね」

卯右衛門は気になってたまらないらしい。

最近、桃太郎に刺激されてなんとか奇妙な謎を解き明かしたいと願っているのだ。

すると、そこへ、

「どうした、どうした?」

と、聞き覚えのある声がした。

南町奉行所の定町回り同心・雨宮五十郎が、おなじみの岡っ引きと中間を連れてやって来たのだ。

「年末なのに余計な騒ぎをつくるんじゃねえぞ。早く、家帰って寝ろ」

などと、人だかりを払うようにした。

「あ、愛坂さまに卯右衛門。どうかしましたか？」

「なあに、誰かが溺れ損ねただけなんだが、昨日もやってたんだとよ」

と、桃太郎は言った。

「昨日も？」

「芝居かもしれません」

と、卯右衛門は言った。

「溺れる芝居？」

「雨宮さま。お調べくださいよ」

卯右衛門が頼むと、

「馬鹿言ってんじゃないよ。おいらは年末の警戒で忙しいのなんのって、そんなくだらないことには関わっていられねえよ」

と、雨宮は息巻いた。

「そんなに忙しいのかい？」

と、桃太郎は訊いた。

「ええ。やくざたちの動きもきな臭いし、例の狼の定殺しの下手人だって、まだわかってないんですから」

「だが、年末は奇妙な悪事が多くなるんだよなあ」

と、桃太郎は思わせぶりに言った。

「そうなんですか」

雨宮が不安そうな顔をした。

「気が焦るんだろうな。突飛なことをやらかすのさ。あの溺れる騒ぎも、意外な悪事の一環かもしれないな」

「いちおう調べますかね？」

「そのほうがいいと思うぞ」

桃太郎は、半分冗談、半分本気くらいである。

だが、もう二人の男の姿は影もかたちも見えない。

「では、またやったらということで」

雨宮たちは、そそくさといなくなった。

二

桃太郎は、珠子がお座敷に出かけると、桃子を抱いて二階の自分の部屋に上がった。

今宵は、駿河台《するがだい》の屋敷から千賀《ちか》が来ることになっている。

昼のうちに中間の松蔵《まつぞう》が、

「夜、奥方さまがこちらに伺いたいが、殿さまと桃子ちゃんのご都合はどうか」

と、訊きに来たので、

「今日は珠子が近くの料亭に出て、桃子と留守番をすることになっているのでかまわぬ」

そう返事をしておいたのである。

すると、暮れ六つ（午後六時ごろ）ちょうどぐらいに千賀が二人の中間とともに珠子の家にやって来た。

「桃子、ほら、ばあばのお手製のお重ですよ。いっしょに食べましょうね」

三段になった重箱を開いた。

「珍しいこともあるもんだな」

「料理がですか？」

「いや、あんたがこんなふうに訪ねて来るのがだよ。どうかしたか？」

お化け屋敷でものぞくみたいな気分で訊いた。

「それは、あたしだって桃子を可愛がったっていいでしょ」

「可愛いのか？」

「当たり前でしょうよ。ね、桃子」

千賀は桃子の頬を指先でつついた。

「ふうん」

桃太郎には、それだけで来たとは思えない。

千賀は、自分で焼いたという卵焼きを桃子に食べさせている。桃子がまた、それをおいしそうに食べるのである。

「うちにも女の子の孫が一人くらいいるとよかったですね」

「贅沢《ぜいたく》を言うでない」

「でも、富茂《とも》が厳し過ぎるから」

千賀の表情が翳《かげ》った。

「……」

　桃太郎は聞かなかったことにしたい。

「あれじゃあ、善吾《ぜんご》だって」

　善吾というのは、十五になっているいちばん上の孫である。身体が小柄なので、元服は来年早々におこなうことになっている。

「なにかあったのか？」

　つい訊いてしまった。

「善吾が行ってると思ってた詩吟《しぎん》の稽古に、もう三か月も行ってなかったんですって」

「ふうん」

　桃太郎としては、そんなことかという思いである。

「それだけでなく、弓の稽古も怠《なま》けていたらしいです」

「それで、なにをしてたんだ？」

「町をぶらぶらしてたって」

「……」

　桃太郎も、学問所を抜けて、しょっちゅう町をぶらぶらしていた。むしろ、学問所より、町にいるときのほうが多かったくらいである。そこでは、学問より有意義なことを山ほど学んだ気もする。

だから、そんなことはなにも騒ぐほどのことではない。

「どう思われます？」

と、千賀は訊いた。

思っていることを言うと、どうせ、「あなたはワルだったから」とか、「不良の血ね」とか言われるのはわかっている。

「どうって……仁吾はなんと？」

「仁吾は富茂の言いなりですもの」

千賀は嫌そうに顔をしかめた。

「ならば、わしらがどうこう言う必要はないだろうよ」

こんなとき祖父だのがくちばしを突っ込んでも、話はこじれるだけである。善吾も怒られてやめれば、それまでだし、反抗したって、それも別にどうということはない。桃太郎など、一時期は、この世のあらゆるものが反抗の対象だった。大人は嘘しか言わないとも思っていた。この世は、でたらめの法則みたいなものでできているようにしか見えなかった。

だが、いまはこんなに素直な爺いになっている。

「そうおっしゃると思った」

「……」

桃太郎も、腹が減ったので、重箱をつついた。煮しめの味は悪くない。握り飯もあったが、それは千賀にやり、もっぱらおかずのほうをつついた。もちろん飯は長生きのためにはよくないなどとは言わない。

桃子に食べさせながら、その倍ほどのきんとんを自分の口に入れながら、

「あーあ、旗本の家なんて疲れることばっかり。あたしも長屋暮らしをしようかしら」

と、千賀は言った。

「……」

内心、ギョッとしたが、こういうときもなにも言わないのがいちばんである。やめろなどと言えば、逆に面倒なことになる。

重箱は平らげ、千賀が淹《い》れた茶を黙ってすする。

「でも、やっぱりこういうところではね……」

馬鹿にしたように、部屋を見回して、

「桃子。ばあばはまた来ますからね。元気でね」

千賀が言うのに、桃子はうなずきながら、

「ばあばあばあ」

と、抱きつくようにした。

「はいはい。あ、桃子におこづかいあげなきゃね」

これで帰ってくれるらしい。

袋から小判を一枚取り出した千賀を、ホッとして見ている桃太郎であった。

三

そのころ――。

珠子は、大きな宴会の仕事を終えたところだった。だらだら長引くかと思われたが、どうやらこのあと、皆で吉原《よしわら》に繰り出す相談がまとまったらしく、意外に早く、さあっと潮が引くようにいなくなった。

今日も蟹丸といっしょだった。年末のお座敷は、豪華にやりたい客が多いらしく、売れっ子の二人を揃えたいのだそうだ。

その蟹丸が、女中たちが片づけを始めた隅のほうで、

「昨日は、すみませんでした」

と、珠子に詫びた。

「ううん。別に、楽なお座敷だったじゃないの」

町年寄の喜多村彦右衛門のお座敷である。

珠子が四曲唄い、蟹丸が二曲、それからちょっとだけ他愛ない世間話をして、お開きになった。

喜多村彦右衛門は、息がかかるくらいの近さでじっくりと珠子の唄に耳を傾け、すっかり感激したようだった。嫌な思いなどは、なに一つ、感じなくて済んだのである。

だが、蟹丸としてはなにか納得いっていないことがあるらしく、

「どう思います、兄の魂胆《こんたん》？」

と、訊いた。

「ううん。わからないわね」

正直な感想である。

「隙《すき》見せないでしょ」

「そうね」

「あんなにずる賢い人だと思わなかった。置屋の女将さんのほうにも手を回して、断われなくするなんて」

「うちのおかあさんなんか、すっかり信用しちゃったわよ」

「うちのもですよ」

「でも、町年寄に近づいて、やくざとしてなにかいいことがあるのかしら。宿屋とか運送業のほうを伸ばしたいのかしらね」

と、珠子は言った。

「そういう気持ちはあるかもしれないけど、兄さんはぜったい堅気になるつもりなんかありませんよ。つくづく、あの人は根っからのやくざなんだと思います」

「……………」

「ああ、やだやだ。もう芸者なんか辞めちゃいたい」

蟹丸はため息とともに言った。

「気持ちはわかるわよ。でもねえ……」

「まだ弟子を取って、三味線教えられるほどじゃない……でしょ？」

「だって、そうでしょ？」

珠子は妹に言うように、やさしい口調で言った。

「あたし、もともと芸者になんかなりたくなかったし」

「そうよね」

「まあ、吉原に売られるよりはましだったけど」

「やってみたいことはあったの？」

「そりゃあ、ふつうのおかみさんですよ」

「いまならお武家さまでも、もらってくれる人はいくらでもいるんじゃないの？」

芸者がふつうの侍の嫁になるのは、そう珍しくない。蟹丸さえその気になれば、数千石の旗本の奥方におさまることも、不可能ではない。

「お武家さまは嫌。行儀作法とかうるさいし。愛坂さまなら別だけど」

「そうなの？」

「でも、ちゃんと奥方さまもいらっしゃるし」

「孫もね」

「そうそう。それであたしが愛坂さまの子ども産んだりしたら、桃子ちゃんだってわけわかんなくなっちゃうよね。きゃっはっは」

蟹丸は、自分の冗談に自棄《やけ》を起こしたみたいに笑った。

四

翌朝——。

桃太郎は今朝も魚河岸に朝飯を食いに出かけた。

昨日、あんこうのどぶ汁を食べ終えたあと、今日はこれにと、すでに決めていたのである。生きのいいタイの刺身。これにタレをからめ、ご飯の上に載せてから、ダシ汁をかけて食べるのである。

ちょっとワサビも擂《す》って、載せてもらう。

これがたまらなくうまい。いっしょに食べる大根漬けも、漬け物とは思えないくらいうまい。

たちまち食べ終え、

「おかわりしたいところだがな」

と、おやじの顔を見た。

「昨日の話ですね」

「いや、確かに飯をいっぱい食ったほうが、空腹感も増すような気がするのさ。

少なく食うと、たいして腹も空かない。なんだかこの歳まで、無駄に大飯を食ってきたような気がするのさ」

「無駄ってこともないでしょうが。旦那、猫飼ってるんでしょ。アラ、持って行かれますか？」

「おう、すまんな」

黒子のために、持って行ってやる。入れものがなかったが、太い竹を二つに割ったものに入れて、紐で縛ってくれた。

それを持って、長屋に帰って来ると、路地で大家の卯右衛門が待っていて、

「愛坂さまに、あたしの謎解きを聞いてもらいたくて」

と声をかけてきた。

「謎解き？」

「ほら、昨日の溺れそうになっていたやつですよ」

「ああ、あれな」

桃太郎は、井戸の近くに黒子がいるのを見つけ、もらってきたアラを与えてから、

「それで、どう解いたんだ？」

と、訊いた。

卯右衛門は、井戸の縁に手をかけ、ちょっと体を斜めにし、

「愛坂さま。あの騒ぎはですね、溺れるということに気を取られると、真実は見えないかもしれませんよ」

小さく微笑みながら言った。

「ほう」

桃太郎は、一瞬、ハッとした。

まさか、自分の気がつかないところが、この大家には見えていたのか。ということは、自分の目や頭に、老齢から来る霞《かすみ》がかかり始めたのか。それは、心の底でいつも怯えていることである。

卯右衛門はまだ微笑んでいる。

「あれは、溺れたんじゃないのか？」

と、桃太郎は訊いた。どう見ても、ほんとに溺れかけているようだった。

「違いますよ。あたしが考えるに、あれは手足をバタバタさせることに意味があったんです」

桃太郎は、そのときのようすを思い出しながら、

「面白いな」

と、つぶやいた。

「面白いですか。あたしは、昨夜ずっと考えつづけて、いったんは寝たのですが、明け方、厠に立ったとき、ハタと思いついたのです」

「いい考えというのは、そんなふうに湧くものだよ」

「ですよね」

「それで？」

と、桃太郎は先をうながした。少し緊張している。まさか、この卯右衛門に教えを乞《こ》う日が来るのだろうか。

「夕方でよく見えませんでしたが、おそらく手足それぞれに四本の紐がついていたはずです」

「紐が……」

桃太郎は近ごろよく桃子と結んだ紐を摑んでいる。卯右衛門はそれから、着想をふくらませたのではないか。

「その紐は長く延びて、河岸の上に、それからずっとその先まで延びていたのです」

「そうなのか？　どこまで？」

「それはまだわかりません」

「なんだよ」

「その先は、いま探っているところです」

「なるほど。いや、それはわしにも思いつかない着想だ」

と、桃太郎は言った。正直な気持ちである。両手両足に紐をつけていたなどとは、思いもしなかった。

「そうですか」

と、卯右衛門は嬉しそうである。

「わかったら、ぜひ、教えてくれ」

「もちろんですよ」

卯右衛門は嬉しそうにいなくなった。

五

卯右衛門がまたやって来たのは、それから一刻（二時間）ほどしてからである。

桃太郎は二階の部屋で、手足を伸ばしたり、ひねってみたり、あるいは仰向けになって両手両足を上にあげ、ぶらぶらさせてみたり、そういうことをつづけていた。

歳を取ると、身体が硬くなってくる。若いときと同じつもりで剣を振っていても、じつはその動きは半分程度だったりする。届くはずの剣は、まるで届いていなかったりする。

それは身体の硬さのせいなのだ。

酢を飲むと身体が柔らかくなるという話はよく聞く。軽業師《かるわざし》などは、毎日飲んでいるらしい。桃太郎も、酸っぱいものは嫌いではないので、さすがにそのまま飲むことはしないが、酢の物はしょっちゅう食べるようにしている。

それだけでなく、三年ほど前から、一日おきくらいに、こうやって身体を柔らかくする動きをみっちりやっているのだ。

その最中――。

「桃。卯右衛門が来たぞ」

と、下から朝比奈が呼んだ。

「ああ。上がってもらってくれ」

そう答えると、まもなく卯右衛門が上がって来て、

「ここが愛坂さまのお部屋ですか」

と、言った。

「まあな」

いちおう下が朝比奈、二階が桃太郎と分けている。

「なかなかいいお部屋ですな」

「あんたの家作だろうが」

桃太郎は笑って言った。

「いや、まあ、そうなんですが、入ったのは初めてですから」

「そういうもんかね。それで、なにかわかったのか？」

と、桃太郎は訊いた。黙っていると、家作自慢でも始められそうである。

「ええ。あのあと、もしかして、あの男の両手両足に結ばれた紐は、近所で寝たきりになっている病人とか、年寄りの手足に結ばれているんじゃないかと思ったんです」

「病人や年寄りに？　なぜ、そう思ったんだ？」

「それは勘みたいなものです。閃《ひらめ》いたんです」

「ああ」

確かにそれはある。ある謎について、ああでもない、こうでもないと考えていると、まったく思ってもみなかった解決法が、パッと閃いたりするのだ。

しかし、それには特別な才能が必要なのだと思っていた。まさか卯右衛門にそうした才能があるなんて、思ってもみなかった。

「あたしは、あのあたりで、寝付いている病人がいないか、一軒ずつ訊いて回りました。病人のことなど内緒にしがちですのでね」

「そりゃあ大変だったな」

「ちょっとした病人なら、いくらもいます。でも、寝たきりとなるとなかなかいません」

「そりゃあ、そうだろう」

「ところが、いたんですよ」

「ほう」

「こっちからも見えますでしょ、〈万州屋《まんしゅうや》〉という看板が」

「薬種問屋だな。繁盛しているぞ」

「ええ。儲《もう》かってますよ。とにかく儲かって、若い女房に金糸の着物を着せて、お上からお叱りがあったくらいですから」

「そうなのか」

「いまは、裏返しにして着てるらしいです。それで、いちばん売れてるのが、〈富士頭頂丸《ふじとうちようがん》〉という中風《ちゆうぶう》の薬なんです」

「ああ、それは知ってるよ」

よく知られた薬で、「そろそろ富士頭頂丸を飲まなきゃならないか」などと、冗談にも使われるくらいである。

もちろん、いつか自分も飲む羽目になるかもしれない。

「ところが、十日ほど前、当の万州屋の旦那が中風で倒れたそうなんです」

「そりゃあ、まずいな」

「まずいですよ。どうも極秘になっているみたいですが、隣のうなぎ屋のおやじがそっと言うには、どうやら寝たきりになって、回復の望みも薄いらしいです」

「ふうむ」

「でね、あっしはその旦那に紐をつなげたんじゃないかと思うんです」

「どういうことだ？」

なぜ、寝たきりの病人を紐で結ぶのか、桃太郎には想像できない。

「万州屋の家族はおそらく医者も抱き込んでますね」

「医者も？」

「いいですか、万州屋の旦那が中風で倒れたとなったら、取引先の江戸中の薬屋が見舞いに来ますわね」

「それは来るだろうな」

「だが、旦那は寝たきり。つまり、富士頭頂丸は効かないと、自ら証明してしまったことになる。これはまずいでしょう」

「なるほど」

「そこで、富士頭頂丸が効いてると見せるため、病人の手足に紐をくりつけ、バタバタさせたのです。動かないと思っていた手足が動いたと。やっぱりここで売っている富士頭頂丸は効くんだと。薬屋たちは驚き、信頼感も増すことでしょう。それでちょっと値段も上げるかもしれませんね」

「ちょっと待て。そんなことをするんだったら、別に寝たきりでいる部屋の後ろとか、あるいは床下でやってもいいわけだろう？　それをわざわざ師走《しわす》の凍るような水のなかに入ってやるか？」

「それは、口の軽い手代だの女中に見られたら困るじゃないですか」

「だったら外で？」

「道端でやったら、通りすがりの人や近所の連中に怪しまれるでしょうが」

桃太郎は腕組みして、

「ふうむ。面白いな」

と、つぶやいた。

「面白いということは？」

「いや、当たっているかどうかは、また別だ」

「確かめて来ましょう」

と、卯右衛門は立ち上がった。

「どうやって？」

「なあに、川を挟んで、あっちとこっち、知らない仲じゃない。あたしが番頭にざっくばらんなことを教えてくれと言えば、そおっと教えてくれますよ」

「わしも行く」

と、桃太郎も立った。

「愛坂さまも？」

「わしは知らないふりをして聞いているだけだ。いいだろう？」

「それはかまいませんが」

二人で、万州屋に向かった。

店の前から薬の臭いがぷんぷんしている。なかに入ると、臭いだけで病人になったような気がしてくる。

卯右衛門が先に入り、桃太郎は少し遅れて入った。

手代が寄って来て、

「なにかお求めですか？」

と、訊いたので、

「うむ。いろいろ調子が悪いので、ちと、貼り紙を見させてくれ」

桃太郎はそう言って、店いっぱいに貼られている薬の引札を眺めた。

卯右衛門はまず、手代に声をかけ、

「向こう岸のそば屋の卯右衛門というがね」

と、胸を張った。

「ああ、はい」

「町役人なんかもしていて、家作もいくつか持ってるんだ」

まず、自分に重みを持たせたつもりらしい。

「はあ」

「どうだい、旦那の具合は？」

「ええ、まあ、なんとか」

「隠さなくていい。噂は聞いてるんだ」

「なにを？」

「中風で倒れたそうじゃないか」

と、小声になって言った。

「そうなんですが」

「でも、富士頭頂丸を卸《おろ》してる薬屋には言えないわな」

「そんなことないんですが」

「医者は来てるのかい？」

「はい。青物町《あおものちょう》の高田陽庵《たかだようあん》先生が」

「ああ、陽庵先生が来てるのかい。でも、いくら評判の陽庵先生でも、中風となると治療は大変だわな。薬はもちろん自分のとこのを飲んでるんだろ？」

「それはそうです」

「でも、効いてるかどうかはすぐにはわからないし、噂を聞いた取引先の薬屋連中も見舞いに来たいとは言うし、大変だわな」

「あのう、なにをおっしゃりたいので？」

手代は不思議そうに訊いた。

「そうだな。あんたじゃわからんだろう。番頭さんはいるかい？」

「ええ」

「呼んで来ておくれ」

「はあ」

手代は首をかしげながら、奥に声をかけた。

すると、帳場のところにいた番頭が、そつのない笑顔を浮かべながら、

「向こう岸のそば屋さん。はい、なにか？」

と、近寄って来た。

「いやね、昨日、そこで男が溺れた件なんだ」

「ええ。なんか騒ぎがありましたね」

「あれは、こちらと関わりがあると見たんだがね」

「どういう関わりが？」

番頭も不思議そうに訊いた。

この番頭の顔で、桃太郎は、

——やっぱり卯右衛門は大きく外した……。

と、思った。だが、途中でやめさせてもしょうがないので、黙って聞いている
ことにした。

「溺れている男の手足には紐がついていて、それはずうっとここの旦那の手足に
つながっていたんだろ？」

「うちの旦那の？　それはどういうわけで？」

「向こうでバタバタしたら、旦那の手足もバタバタするだろうよ」

卯右衛門は、番頭に身を寄せ、囁くように言った。

「なんで、そんなことをするんです？」

「だから、昨日と一昨日と、富士頭頂丸を卸している薬屋たちが見舞いに来たん
じゃないのかい？」

「いいえ。見舞いはお断わりしてましたから」

「それでも来ちゃうんだよね、どうしたって」

「それに、なんでわざわざ紐で旦那の手足を動かさなくちゃならないんです？」

「だって、寝たきりだったら……」

卯右衛門が話そうとするのを無視して、番頭は後ろを振り返り、

「旦那！」

と、呼んだ。

「なんだい？」

返事がした。

なんと、旦那が奥から出て来た。

しかも、両手両足はちゃんと動いている。

「向こう岸のそば屋さんなんですが、旦那が中風になったのを聞いて、心配してくださったみたいで」

「そうですか。いや、めまいがして、医者を呼んだら、中風かもしれないというので、四、五日寝たんだが、さすがにうちの薬が効きましてね。医者からはまだ外には出るなと言われてるんだけど、ほら、この通り」

旦那は両手両足を動かして、ドジョウすくいの恰好をしてみせた。

「あ」

卯右衛門は唖然となる。

「それで、そば屋さんは、旦那の手足に紐をつけて……」

「あ、いや。あたしの勘違いで。どうもお邪魔しました」

卯右衛門は慌てて外に飛び出した。


桃太郎は、そのあと番頭が旦那に卯右衛門の言ったことを告げ、

「なにを突拍子もないことを考えたんだか」

「うちの薬を飲ませたほうがいいんじゃないのか」

などと笑っているのを聞いてから、外に出た。

卯右衛門は海賊橋の上で、桃太郎を待っていた。

「いやあ、とんだ失敗をしてしまいました」

「あっはっは。まあ、そういうこともあるさ」

「どこで間違ったんですかね」

「そもそもの推測に無理があったな」

「そうですか?」

「バタバタしても、病人までバタバタさせたりはできないだろう。せいぜい一度

ぴくっと動くくらいだ」

「ははあ」

「着想は面白かった」

「ありがとうございます」

「だが、頭のなかだけでひねり過ぎたな」

「頭のなかだけで？」

「ああ、まずは現場に立ってみるのだ。そこで想像を巡らせ、突飛でできそうもない着想はまず自分で却下してしまう」

「なるほどねえ」

「行ってみよう」

　と北側の川岸を指差した。

「現場に？　ええ、お供します」

　桃太郎と卯右衛門は、昨日、騒ぎを起こしたあたりに来てみた。

　ここらも材木河岸で、土手は段々になっている。

「今日も来るかな」

「どうですかね」

いかにも寒そうである。

ただ、潮が入り込んでいて、冬など見た目ほど水は冷たくないとも聞いたことがある。

深さは満潮時だと二間ほどになるだろう。だが、水は澄んでいて、雨で濁ったりしていなければ底まで見通すこともできる。

かつては、材木問屋が立ち並び、筏舟《いかだぶね》も入っていたくらいだから、川幅はかなりある。十間ほどか。いまも大きな荷船が悠々とすれ違う。

「あの男はそこらでバシャバシャやってたんだよな？」

桃太郎は、岸から三間くらいのところを指差した。

「ええ、そうです」

「わしには本当に溺れそうになっていたように見えたがな」

「そうですか」

「一昨日も同じようだったのかい？」

「一昨日は、たぶん、もっと水の底のほうまで潜ってしまいました」

「バシャバシャやってたんじゃないのか？」

「ただ、急いで水面に顔を出し、かなり咳《せ》き込んだりしてました」

「水の底のほうまでな……」

いったいなにをしていたのか？

寒空の下で、なにかの稽古だったのか。

「一昨日は何刻くらいだった？」

「昨日と同じです」

他人に見られたくなかったら、真夜中にやればいい。どちらも夕方だったというのは、薄暗いあの刻限にやる意味があったのだろう。

「なにか腰に下げたりはしてなかったか？」

と、桃太郎は卯右衛門に訊いた。

「腰にですか？」

「ああ。それで、どれくらいの重さなら泳げるかを試したのではないかと思ったのさ」

「なるほど」

と、卯右衛門は手を叩いた。

「だが、しょせんは当てずっぽうだ」

「なあに、愛坂さまなら、もう一回見たらわかりますよ」

「そうかもしれぬ」

夕刻、桃太郎と卯右衛門は、また現われるのではないかと、海賊橋の上でしばらく待っていた。

だが、この日はいくら待っても現われなかったのである。

六

翌日の昼過ぎ——。

桃太郎が卯右衛門のそば屋で昼飯を済ませ、外の縁台でぼんやり通りを眺めていると、

——ん？

と、目を瞠《みは》った。

向こうから来たのは雨宮五十郎と、又蔵と鎌一である。

だが、なんとなくいつもと違う。

雨宮はいつもの定町回りの着流しに黒羽織ではない。羽織ではなく綿入れを着込み、袴もつけている。又蔵は尻っぱしょりをしておらず、鎌一もくるぶしまで

ある着物を着ている。又蔵は豆腐屋にもどったみたいだし、鎌一は猿回しという
より、貸本屋くらいに見える。

「どうしたんだ、あんたたち?」

と、桃太郎は訊いた。

「隠密の行動でしてね」

雨宮は、隠密の行動のわりに大声で、しかも嬉しそうに言った。

「ほう。なにか、重大なことでも起きたのか?」

「かどわかしです」

雨宮は、湯をわかしたくらいの、軽い調子で言った。

桃太郎はさりげなく周囲を見て、

「かどわかしのことなど、うかつに話さないほうがいいのではないのか?」

「そうですか?」

「わしが下手人かもしれないし」

「あっはっは」

雨宮はまったくの冗談と受け取ったらしく、

「じつは、通三丁目に〈金盛堂《きんせいどう》〉という金物屋がありますでしょう」

と、話し始めた。

「ああ。大店だよな」

「見かけはね。ところが、いまのあるじがまあ、だらしない阿呆でしてね。吉原で人気の花魁《おいらん》を四人も身請けしたもんだから、内実はかなり危ないらしいんです。それで、そこの一人娘がかどわかされたんです」

「一人娘がな」

親はさぞかし気が気でないだろう。

「町方には言うなと脅されたらしいんですが、この又蔵に相談してきまして」

と、雨宮は後ろにいる又蔵を顎で示した。

「ほう、又蔵に? なんで、また?」

と、桃太郎は思わず訊いてしまった。ふつうなら、このいかにも頼りない岡っ引きには相談しない。

「いや、豆腐屋をしてたとき、出入りしていたもので」

又蔵は悪びれたようすもなく言った。

「この娘がまた、近所で評判の莫連娘《ばくれんむすめ》で、不良どもとしょっちゅう出歩いてたりしていたんです。まあ、あんだけ夜遊びしてたら、悪いのに目をつけられ、かどわかされても誰も驚かないだろうと」

「ふうむ」

「それで、向こうは身代金を要求してきたんですが、あるじは最初、出さなくていいと言いまして」

「一人娘の身代金をか。それはひどいな」

「ええ。さすがに番頭たちはあるじをなだめ、娘に身代金を出さないとなったら、世間からも相手にされなくなりますよと」

「だろうな」

「それで、しぶしぶ承知をし、払うことになったんです」

「いつ？」

「今日ですよ。それでおいらたちもさりげなく待機してようというわけです」

「あるじが持って行くのか？」

「いや、あるじは行きたくないというので、番頭が行くことになりました」

なんだか、だらしのないかどわかし騒ぎである。

「町方で関わっているのは、あんたたちだけか？」

「ええ。あまり動きが見えると、娘がなにされるかわかりませんのでね」

「それにしても三人じゃ大変だ」

「まあ、そうですが、皆、年末で忙しいし」

とても、かどわかしの話をしているとは思えない。

「場所は？」

「まだ決まってません。午後に、投げ文で報せてくることになっているそうです」

「額も決まってないのか？」

「それは決まりました」

「いくらだ？」

「六百両です」

「六百両？　なんだか中途半端だな」

「千両を吹っかけてきたのですが、値切ったそうです」

これを聞いてぴんときたことがある。

「雨宮さん。それは裏があるな」

「裏？」

「ただのかどわかしじゃない。ちと、金盛堂をのぞいて来よう」

と、桃太郎は見に行くことにした。

通三丁目の金盛堂は、間口が十間ほどあり、奥行きもある。卸もやっているらしく、在庫はかなりのものがある。客の出入りも少なくない。ただ、手代や番頭にピリッとしたところが見られない。

桃太郎が店に入り、品物を眺めても、誰も寄って来ない。買うなら勝手にどうぞという態度である。

奥に帳場が見えているが、誰も座っていない。いまは、それどころではないかもしれないが、しっかりした店なら、内輪のごたごたを客に悟らせたりはしない。

別の客が来た。職人ふうの男である。

「大鍋が欲しいんだ」

男は手代に声をかけた。

「そこにありますが」

手代はいろんな大きさの鍋が陳列されたあたりを指差した。

「そんなんじゃ駄目だ。祭りで使うんだ。千人前もいっぺんにつくれるような大鍋だ」

「ちょっとお待ちを……番頭さん」

手代は後ろを振り返って、声をかけた。

奥から四十くらいの男が出て来た。

「なんだい？」

「千人分もつくれるような大鍋が欲しいんだそうです」

「それはよそに行ったほうがいいね」

番頭はすぐにそう言った。

「そこにあるもんじゃ、千人つくれないかい？」

客は棚の上のほうを指差した。

「どれ？」

「右手にあるやつだよ」

「ああ、ちょっと下ろしてやれ」

番頭は手代に命じた。

かなり大きい。

千人はわからないが、数百人分くらいはできる。客もそう思ったらしく、

「これを二つ買うという手もあるね」

と、言った。

「ああ、なるほど」

「そのほうが使い勝手もいいだろう？」

「それは使ってみないとわかりませんね」

「あんた、売る気あるの？　番頭だろう？」

客はムッとしたように言った。

「そりゃあ、ありますよ」

客に叱られ、しょうがないから相談に乗ろうとしたとき、
カン。

と、金属のものが、鍋に当たる音がした。

見ると、紙に銅銭をつけて結んだものだった。投げ文だろう。

番頭は、来るものが来たという調子でそれを拾い、銅銭を外して読んだ。

落ち着いたようすで、手代に、

「追いかけろ」

とも言わない。

桃太郎がさりげなく外に出てみると、急ぎ足で角を曲がる若い男がいたが、しかし、通行人の数も多く、あいつだったかはわからない。道の向こうに雨宮と鎌一がいて、又蔵はいないので、いまごろ追いかけているかもしれない。

番頭は文を読むと、客の相手をするのはやめ、奥のほうへと入って行った。

「なんだ、あいつ。なんだよ、この店は」

鍋を買いに来た客は、怒っていなくなった。

桃太郎は金盛堂を出て、雨宮のそばに近づいた。

すると、又蔵がもどって来て、

「すみません。日本橋の手前で見失いました」

と、詫びた。

「馬鹿野郎」

雨宮は叱ったが、そう厳しい調子ではない。確かに、日本橋周辺はたいそうな人だかりである。

「投げ文が来たみたいだぞ」

「ええ。動き出したら、おいらたちも番頭の跡を追います」

と、雨宮は言った。

「舟を用意しといたほうがいいな」

桃太郎は言った。

「舟を？」

「おそらく番頭は、その金を横取りするつもりだ」

「なんと」

「その身代金を水に落とし、隠れているやつが水の底からそれを奪って逃げるんだ」

「なんでそんなことがわかるんです？」

「この前、海賊橋のところで溺れたのは、その稽古だったのさ。七百両だと川底から拾い上げても、重過ぎて溺れてしまう。六百両ならなんとか泳ぐことができる。中途半端な額になったのは、そういうことさ」

七

それから二刻後である――。

日は暮れ始め、町のざわめきは多くなった。

正月の飾りものを売る男たちが目立っている。

金盛堂の番頭が動き出していた。番頭は重そうな包みを抱きかかえている。

跡をつけているのは、桃太郎と雨宮と又蔵の三人である。

――まったく、なんでわしが……。

と、桃太郎は呆れる思いである。

手伝いたくはなかったが、こういうことをたった三人でやろうというのは無理がある。相手の動きが読めないし、下手人が何人かもわからない。せめて十人は欲しいところである。ついに黙ってはいられず、

「わしも手伝う」

ということになった。

番頭は楓川に向かって、足早に歩いて行く。

まもなく川べりに出た。それから本材木町二丁目のほうへ川に沿って歩き、立ち止まると、段になったところを下りて、あたりを見回した。

すると、向こう岸の木陰から若い男が出て来て、

「おい、番頭。持って来たか？」

と、声をかけた。

「はい」

「じゃあ、その下につけている舟に乗れ」

川岸に一艘《そう》、舟が泊まっていた。

「舟に？　お嬢さまは無事か？」

と、番頭は訊いた。

「ここにいる」

男は後ろから、若い娘を引っ張って前に押し出すようにした。

「番頭。助けて」

棒読みみたいに言った。

このやりとりを、岸の上からさりげなく見ていた桃太郎が、

「あれは狂言だ」

と、隣にいる雨宮に言った。

「そうなんですか」

「たいしたお嬢さまだ。番頭はそれを悟ったので、身代金を横取りすることにした。まあ、あの店にも愛想をつかしたのだろうな」

「なるほど、そういうわけですか」

　番頭が舟に乗った。

「途中で、番頭が小芝居をして、包みを川に落とすぞ。雨宮さん、ほら、向こう岸に行って、あいつらを捕まえるんだ」

「わかりました」

雨宮と又蔵は駆け出した。向こう岸に行くには、新場橋《しんばばし》を渡って迂回しなければならない。だが、二人とも足は速そうだった。

桃太郎が川を見回すと、鎌一が舟をこっちに寄せて来るのが見えた。桃太郎が番頭の乗った舟を指差すと、大きくうなずいた。三人のなかでは、鎌一がいちばん察しがよさそうである。

　舟が出た。岸を離れてまもなくである。

「おっとっと」

　番頭が、身体が揺れたようなしぐさをすると、

「いけない」

　持っていた包みを川に落とした。

　予想した通りである。

どっぽーん。

という、重みを感じさせる、気持ちいいくらいの大きな音がした。

「あ」

向こう岸の若い男が驚きの声を上げた。

だが、ほとんど同時に、ちょっと離れたこっちの岸にいた男がすばやく川にもぐると、落としたばかりの包みを拾ったらしく、十間ほど向こうの舟のところに顔を出した。男は急いで舟に上がろうとする。

「そこまでだ！」

そのとき、向こう岸で大きな声がした。

雨宮が回り込んだのだ。

「糞っ」

逃げようとしたところを、又蔵が飛びついた。

若い男が倒れたところへ、雨宮が背中に乗り、

「神妙にしろ」

と、手首を縛り上げた。そのあたりは、なかなかいい調子である。

娘のほうは訳がわからないらしく、口を押さえて立ち尽くしている。

「鎌一。そっちは？」

雨宮が川のなかの舟に声をかけた。

「ええ。もう大丈夫です」

鎌一が、包みを持って舟に上がっていた男の胸に、六尺棒を突きつけたまま答えた。

さらに雨宮は、まだ舟のなかにいる番頭に向かって言った。

「番頭。おめえの魂胆なんざとうにお見通しだ。さっさと上がって来やがれ！」

川岸は突如始まった捕物で、たちまち人だかりができていた。

しかも、向こう岸にはたまたま通りかかったらしい桃子を抱いた珠子と蟹丸がいるではないか。

二人が、悪党をふん縛った雨宮や、番頭に縄をかけている又蔵を見て、すっかり感激したようすも見て取れる。

「雨宮さん。大活躍！」

珠子は声までかけた。

「見てましたよ！」

蟹丸もつづけた。

雨宮はまるで歌舞伎役者のしぐさのように、十手を持った右手をくいっとひねってみせたではないか。又蔵も、別にしなくてもいいのに、番頭をひざまずかせたりしているではないか。

桃太郎はこっちの岸にいて、

「おいおい、誰のおかげだ」

と、小さくつぶやくしかなかったのだった。

第四章　裏返しの真実

一

〈百川〉のお座敷が終わったあと、珠子といっしょに呼ばれていた蟹丸が、

「愛坂さま。浅草に超弦寺《ちょうげんじ》っていう小さいお寺があるんですけど……」

と、話しかけてきた。

「知らんな」

「有名じゃないんです。でも、そこで十五年に一度の、秘仏《ひぶつ》である観音さまのご開帳をしてるんです」

「ふうむ」

桃太郎は我ながら罰当たり者だと思うのだが、信心にはまるで不熱心で、ご開

帳などというのにもまったく興味がない。

「ここの観音さまを赤ちゃんに拝ませると、十五年間、病気をしないと言われているんですよ。あたしも、三歳のときに連れて行かれて、おかげでずうっと病気知らず」

と、蟹丸は自慢げに言った。

「そうなの」

珠子は興味を持ったらしい。

「だから、珠子姐さん、桃子ちゃんにも拝ませなきゃ」

蟹丸は、珠子のほうを向いて言った。

「そうね」

と、珠子が桃太郎を見ると、

「話は眉唾《まゆつば》臭いが、桃子にはいろんなものを見せてやってもいいかな」

桃太郎は言った。じっさいそう思っている。いろんなものを見ることで、この世は面白いところだと感じ取ってくれるかもしれない。それは、やがて生きる力にもなってくれるのではないか。

「では、行きましょう」

珠子がうなずくと、

「ついでに、浅草寺《せんそうじ》とか奥山《おくやま》も見せてあげたら、桃子だって喜びますよ」

蟹丸は自分もいっしょに行くつもりらしい。

翌朝――。

最初から桃子を歩かせると、途中で疲れてしまい、肝心の浅草《あさくさ》に着くころには、桃太郎の腕のなかで眠ってしまっているに違いない。そこで、まずは舟で大川をさかのぼり、吾妻橋《あづまばし》のたもとまで行くことにした。

安定感のある二丁櫓《にちょうろ》の大きめの舟を捕まえて乗った。いざというとき、舟は大きいほうが安全だろう。

「吾妻橋まで」

と言うと、船頭たちは驚いた。

「海に出るんじゃないので?」

「ああ」

「猪牙舟《ちょきぶね》の倍以上の代金をいただくことになりますが」

「かまわん」

桃子の無事のためなら、それくらいの金は惜しまない。

乗り込んですぐ、

「桃子は舟に乗るのは初めてだな？」

と、桃太郎は珠子に訊いた。

「そうですね」

桃子は、桃太郎の腕のなかで、不思議そうに川面《かわも》や岸をきょろきょろ見ている。海賊橋から下を通る舟は、たっぷり眺めさせてきたが、これがその舟なんだとわかっているのだろうか。

川風は冷たくて、桃子の頰も真っ赤になっているが、身体がほかほかしているのは、抱いていてもわかるくらいである。赤ん坊の体力は、衰えつつある爺さんとは桁違いなのだ。

崩橋《くずればし》、永久橋《えいきゆうばし》をくぐって、大川の広い流れに出る。新大橋《しんおおはし》、両国橋《りようごくばし》の大きさは、赤ん坊の目にはどう映っているのか。

桃子ばかりか珠子や蟹丸までもが、水辺の景色を堪能《たんのう》しているうちに、吾妻橋のたもとに着いた。

超弦寺は、そこからすぐのところにあり、まずは、秘仏の観音さまとやらを拝ませた。桃太郎もいちおう拝んだが、煤《すす》けて古そうなだけで、とくに美人の観音さまというわけでもなく、いささか拍子抜けだった。おそらく江の島《えしま》にある裸の弁天さまみたいなものを期待してしまったのだろう。

ただ同じような赤ん坊がいっぱい来ていて、桃子も嬉しそうにしている。赤ん坊同士というのは、やはり感じ合うものがあるらしく、互いに手を伸ばして撫でてみたり、抱き合ったりする。

きりがないので、なだめるように別れを告げさせ、つづいて浅草寺にやってきた。

ここはただでさえ混雑しているのが、なにせ年末だから、巨大な露天風呂のような熱気を感じるくらい賑《にぎ》わっている。

「スリに気をつけてな」

桃太郎は注意をうながした。

お参りをして、裏手の奥山と呼ばれるところに来た。ここは、両国広小路と並んで江戸の二大歓楽街になっている。

桃太郎はここに来るのは何年ぶりか。十年以上来ていなかったかもしれない。とにかく人が多いので、桃子を歩かせたりするのも難しい。

桃子もまた、赤ん坊ながら、ここは怖いと思ったのではないか。桃太郎に抱っこされたまま、下りたいとも言わず、ただきょろきょろ周囲を見回すばかりである。

「凄いなあ、桃子」

「しゅしゅ、しゅしゅしゅ」

「ああ、凄い、凄い」

蟹丸は眉をひそめ、

「ねえ、珠子姐さん。若いころは、ここに来るのが楽しくて仕方なかったけど、あたし、もう駄目みたいよ。気後《きおく》れしちゃってる」

「あら、ずいぶん老けたみたいなことを言うのね」

「うん。あたしはもう少し、しっとりしたところが好き」

そう言って、桃太郎のほうを見た。

「むふっ」

桃太郎は咳払いをしてごまかした。

「そうだ。あっちで、〈ずぼんぼ〉を売ってるんじゃないか」

と、桃太郎は思い出した。浅草の名物みたいな玩具《おもちゃ》で、虎の絵が描かれた紙なのだが、風をうまく受けるようになっていて、団扇《うちわ》で仰ぐとふわふわ宙を舞うのである。その舞い方が、いかにも楽しげなのだ。

「あ、いいですね。それと、〈飛んだり跳ねたり〉も買ってあげましょ」

珠子が言うと、

「ああ、懐かしい。飛んだり跳ねたり。あたしも欲しい」

蟹丸が少女のように目を輝かした。これも浅草名物の玩具で、竹の簡単な細工物なのだが、ぴょんと飛び上がって、人形の笠が脱げたり、猿がくるくる回ったりする。からくりの一種で、よく考えられている。

「あ、あそこに」

と、玩具を売る屋台のほうに歩き出したとき、

「喧嘩だ、喧嘩だ」

騒ぎ声がした。

どこだ、どこだと野次馬根性で駆け出す者。怖くて右往左往する者。それらが入り乱れるなか、桃太郎は桃子をかばうように抱き、騒ぎはどこかと目を凝らした。

右手の少し離れたあたりに人の輪ができてきた。

「やあね、こんなとこで」

珠子が眉をひそめた。

「かまうな。避けて行こう」

喧嘩など見たくもないし、桃子に見せたくもない。

人だかりから離れようとしたとき、

「あ、あれは」

と、蟹丸が足を止めた。

「どうした?」

「仔犬の音吉ですよ」

「なんだと」

思わず桃太郎も見てしまった。

確かに数人のやくざ者に囲まれているのは、仔犬の音吉だった。

浅草は、目玉の三次の縄張りである。なぜ、音吉がここにいるのか。

「くだらねえ、いちゃもんをつけるんじゃねえ」

音吉の落ち着いた声が聞こえた。

つい、耳を傾けてしまう。

「なんだと」

「なんで、おれが刃物を使ったスリなんてケチなことをしなきゃならねえんだ？」

「その袂についた血はなんだ？」

と、音吉は袂を見て、

「ああ、これか」

鼻で笑った。

「切られたやつは、怪我をして血が出たんだ。しかも、逃げたやつは腕の先まで彫物が入っていたんだとよ」

「彫物？」

「まさに、おめえじゃねえか」

音吉は、袖口からのぞいている彫物を自分の手で撫でてから、

「それは、おれを仔犬の音吉と知ってのことかな」

ドスを利かせた声で言った。

「なに？」

「仔犬の音吉だって」

取り巻いたやくざ者たちに、ひるんだような気配が走った。

「嘘言うな。なにが仔犬の音吉だよ」

「伝説のやくざだぞ」

音吉は、自分の名がもたらした効果に満足したように笑みを浮かべ、

「疑うなら見せてやるぜ。ほら」

袂に腕を入れたかと思うと、さっと胸元から出し、そこから大きく腕を回して、片肌脱ぎになった。

「あ」

いっせいに声が上がった。

「仔犬の……」

「音吉だ……」

やくざ者たちは皆、たじろぎ、後じさりした。

そのうちの一人が、

「失礼しました。あっしらの勘違いだったようです」

「この血は、今朝、釣った魚をさばいたときのものだろう。おれも気がつかなかったぜ」

「いやあ、高名な俠客の仔犬の音吉さんが、袂切りのスリなんてケチなことをす

るわけがねえ。なんて詫びたらいいのか」

やくざ者たちはいっせいに頭を下げた。

「なあに。詫びなんざ要らねえ。それより目玉の三次親分に、浅草寺は縄張りでしょうが、ちょくちょくお伺いさせていただきますと伝えてくんな」

そう言うと、音吉は着物をもどし、人混みをかき分けて去って行った。

野次馬たちのあいだから、

「たいした貫禄だ」

「さすがに仔犬の音吉だ」

という声が聞こえている。それくらい、名前は知れ渡っているらしい。

人だかりはたちまち雲散霧消《うんさんむしょう》し出したが、桃太郎はぼんやり立ち尽くしている。

「どうなさったんですか、愛坂さま」

蟹丸が訊いた。

「え？」

「なにか考えごとみたいな」

「いや、なに。なにか妙な感じがしたのでな」

「妙な？」

「あの音吉の彫物だよ」

「ええ。凄かったですね。竜虎の真ん中に可愛い仔犬がいるなんて、怖いけど面白い図柄ですよね」

「うん。それなんだがな」

「図柄が妙だったんですか？」

「いや、なに、たいしたことではない」

そう言って、玩具屋のほうに足を向けた。

桃太郎は自分でも奇妙なその違和感の正体が、まだわからなかったのである。

二

帰りは歩きである。

桃子はときどき疲れて抱っこをねだるが、しばらくするとまた、歩きたがる。

玩具屋では、ずぼんぼと飛んだり跳ねたりだけでなく、風車と鈴も買った。鈴は、桃子が履いている小さな草履《ぞうり》の鼻緒のところにつけてもらった。

歩くと、
しゃんしゃん。

と音がする。なかなかいい音色で、すれ違う人も気づき、

「あら、可愛い」

などと声をかけてくる。それが自分でも面白くてたまらないらしい。

途中、水茶屋で一度、甘味屋で一度、休憩しながら、ようやく浅草橋のところまで来た。桃太郎が一人でさっさと歩くときの十倍くらいの時間がかかる。この調子だと、長屋に着くのは夕方になってしまうのではないか。

人だかりがあった。

「またか」

桃太郎はうんざりした。今度こそ、見ないで通り過ぎたい。

「あっちを見るなよ。まっすぐ進むのだ」

と、珠子と蟹丸にも言った。

だが、立ち止まっている野次馬の声はどうしても耳に入ってしまう。

「殺されたのはやくざだってよ」

「それも大物だよ」

「誰？」

「鎌倉河岸の佐兵衛親分だと」

「えっ、あの荷船も取り仕切っている親分かい？」

「ああ」

「佐兵衛親分は、日本橋の銀次郎のほうだろう？」

「そうだよ」

「ということは、やったのは……」

「目玉の三次の一派だろう。だいたい、神田川の出入り口でしょっちゅう揉めていたからな」

「こりゃあ、暮れも正月もなく、斬った張ったが始まるぞ」

野次馬たちは、半分面白そうに話している。

桃太郎は耳をふさぎたい。いまの話は当然、珠子にも蟹丸にも聞こえてしまったに違いない。ちらりと二人の顔を見ると、やはり表情は強張っていた。

しかし、なんとか通り過ぎることができたと思ったとき、桃太郎が抱いていた桃子が、急に足をバタバタさせて、

「あうっ、あうっ」

と、誰かを呼ぶような声を上げた。

「どうした、桃子。ここは怖い怖いところだからな。こんなところで大きな声を出すんじゃないぞ」

桃太郎はそう言い聞かせたが、桃子はますます足を激しく動かし、

「あうっ、あうっ」

餌でもねだる子ガラスみたいに叫んだ。

すると、人だかりのほうから、

「おや、桃子ちゃん。なんだ、愛坂さまに珠子姐さん、それに蟹丸も」

聞き覚えがあるどころか、いま、いちばん聞きたくない声がした。

「見るな、見るな。聞こえないふりして急げ」

桃太郎は、女たちに言った。

だが、桃子が下りたいというふうにむずがり始め、仕方なく下ろすと、逆のほうに駆け出した。

「おい、桃子。どこ行くんだ」

その先にはなんと、雨宮が愛想笑いをして、桃子に対し、腰をかがめていたではないか。雨宮の後ろには、おなじみの又蔵と鎌一もいる。

「おう、桃子ちゃん。おじさんのことが好きなのか」

雨宮はそう言うと、寄って来た桃子を抱き上げてしまった。

「あ、よせ」

だが、桃子は嫌がらない。どころか、よだれなどでべたべたしている手を、雨宮の顔に押し付けている。

「桃子。汚いものを触っちゃいかん」

思わず言ってしまった。

後ろに来ていた珠子が、ぷっと噴き出し、

「ひどい」

と、笑いながら言った。

だが、雨宮はまるで気にしたようすはなく、

「じつは鎌倉河岸の佐兵衛が殺されましてね。明け方、見つかったんですが、宵のうちに殺されたみたいです」

と、訊いてもいないのに、いきなり言った。

「ああ、野次馬が言ってたよ」

「まったく歳も押し迫ったときに、面倒なことをしやがって。なあ、桃子」

雨宮は、まるで自分の娘みたいに桃子に声をかけ、

「しかも、変な殺され方でしてね」

と、話をつづけた。

「おい。赤ん坊を抱いたまま、殺しの話なんかするな」

桃太郎は叱った。桃子にはわからなくても、それでも嫌である。桃子には、人殺しなどとは無縁な世界で暮らしていって欲しい。

「あ、すみません」

と、雨宮は桃子を珠子に返して、

「着物がぜんぶ裏返しだったんです」

桃太郎に言った。

「なんだ、それは？」

つい、訊いてしまった。なぜ、着物が裏返しになったまま、殺されなければならないのか。

「変でしょう。見ますか？」

「いいよ。そんなもの、見たくない」

「見てくださいよ。見なきゃわかりませんよ」

「なぜ、わしがわからなくてはいけないのだ。わしは関係がない。わしはただの隠居だ。やくざの抗争などとは、いっさい関わりたくない」

桃太郎は厳しい口調で言った。

「そりゃまあ、そうでしょうが」

雨宮も諦めたらしい。

と、そのとき――。

「親分！」

泣き喚くような声がした。七、八人の男たちがこちらに向かって駆けて来ている。佐兵衛の子分たちらしい。

桃太郎は、珠子たちを離れるようにと、手で押しやった。

子分たちは筵《むしろ》をかけられていた死骸にしがみついて嗚咽《おえつ》したが、すぐに立ち上がって、

「糞。目玉の野郎だ」

「仕返しだ」

と、吠えた。殴り込もうという勢いである。それぞれ手にはドスや、櫂《かい》などを持っている。

「おい、ふざけるな」

雨宮が叱りつけた。

又蔵が十手を構え、鎌一も六尺棒を振り上げた。

ほかにいるのは、番屋の番太郎や町役人たちだけである。この三人で、子分たちの暴発を止められるとは思えない。となれば、桃太郎も加勢しないといけないかもしれない。まさか斬るわけにもいかないから、峰打ちで動けなくするにしても、せいぜい三人。それ以上は自信がない。

「おいおい、落ち着けよ。三次のしわざかどうか、まだわからねえだろうよ」

雨宮は言った。その声は、どこか間延びしているのだが、こういうときにはいいのかもしれない。

「だって、旦那……」

「やくざなんか誰から恨みを買ってるかわからねえだろうが」

「そりゃあ、そうなんですが」

「もうちっと調べが進んでからにしろ。葬式の支度だってあるだろうが」

「わかりました」

どうやら雨宮は、激昂した子分たちを落ち着かせるのに成功したようだった。

三

「雨宮さまは、ここんとこ評判上げてるんですよ」

と、卯右衛門が言った。

「嘘だろう」

桃太郎は顔をしかめた。

あのあと、浅草橋のたもとで舟を拾い、海賊橋のところで降りたのだった。結局、皆で昼飯もこのそば屋で食べ、それから桃太郎は昼寝をしたりしたあと、またふらりとここに出て来ていた。なんのかんの言って、近ごろはこの大家が、いちばんの話相手になっているのだ。

「ほんとですって。この前のそこの捕物」

と、卯右衛門は楓川の岸辺を指差し、

「いまじゃ、あの捕物を知らない者はいないくらいです」

「そうなのか」

「瓦版屋が話を聞いてたっていうから、今日明日には雨宮さんの活躍が書かれたのが出回るんじゃないですか」

「……」

桃太郎のところには、そんなやつは来ていない。ということは、雨宮が手柄をすべて独り占めするのだろう。もっとも、桃太郎は瓦版なんぞに載せてもらっては困るから、それはいいのだが。

「落差がいいんですよね、雨宮さまは」

と、卯右衛門は言った。

「落差？」

「ほら、見た目はまるでうだつが上がらなそうじゃないですか」

「……」

見た目だけでなく、じっさいそうだろうと言いたいが、しかしそういうことは言わないほうがいい。桃太郎はしばしば毒舌家に思われがちだが、言いたいことはずいぶん我慢しているのである。

「ところが、じつはなかなかの切れ者だったと」

「ふうむ」

「いかにも切れ者そうな人が、ちっとくらい目立つ仕事をしても、巷の人間はなるほどと思うだけでしょう。でも、雨宮さまみたいな人が手柄を立てると、ええっ？　となるわけですよ」

「ううむ」

「カミソリのように鋭利ではないが、ナタのように重くバッサリ切るとも」

「……」

いったい世間というのはなにを見ているのだろうか。

「でも、あたしは陰で愛坂さまが助けたんじゃないかと睨んでいます」

「そうなのか」

「また、おとぼけになって」

「なにを言っておる」

「そうなんでしょ？」

卯右衛門も確信はないらしい。

「手伝ってなどおらぬよ」

と、桃太郎はそういうことにした。それに助けたくてやったわけではない。

「面白いのは、いっしょに又蔵親分のほうまで株が上がったことです」

卯右衛門はさらに言った。

「だいたい、あいつのつくる豆腐はうまかったんだと。なにかをうまくつくれるやつは、捕物だってやれるんだろうと」

「又蔵まで？」

「妙な上がり方だな」

桃太郎は、鼻で笑った。

「それで、昨夜、鎌倉河岸の佐兵衛が殺されたんでしょ」

卯右衛門はさらりと言った。

「えっ、もう伝わったのか？」

江戸の噂の伝わる速さには、桃太郎は何度も驚嘆させられてきたが、それにしても速い。浅草橋とここは、決して隣近所とは言えないのに。

「そりゃあ、伝わりますよ。いま、江戸っ子は日本橋の銀次郎と目玉の三次の抗争のなりゆきを、固唾《かたず》を呑んで見守ってるんですから」

「なるほどな」

「変な殺され方だったというじゃないですか」

「わしはよく知らんのだ。じつは現場に出くわしたのだが、関わりたくないので、聞かずに逃げて来た」

「そうですか。なんでも、佐兵衛は着物や羽織を裏返しに着て死んでいたんだそうです。不思議な話ですよね。それで、雨宮さんがこの殺しを担当することになったらしいんですが、今度の謎も解いたら、やっぱり本物だろうと、皆、話題にしてますよ」

「今度の謎もな」

桃太郎がにんまりしたとき、噂をすれば影である。海賊橋を雨宮五十郎以下おなじみの三人が、こっちに渡って来たではないか。

「どうも、愛坂さま。今朝ほどは」

雨宮が明るい声で言った。

「うむ。いきり立った佐兵衛の子分たちをなだめすかしたところは、なかなかのものだったじゃないか。珠子や蟹丸は感心しておったぞ」

それは本当である。ただ、「雨宮さまだとやくざも調子が狂うんでしょうね」と言っていたことは言わない。

「そうですか。珠子姐さんもね。くっくっく」

雨宮は、嬉しそうに笑った。

「いろいろ評判が上がっているみたいだしな」

「いやあ、それは買いかぶりってもんでしょう。もっとも、いままでの評判が低すぎたきらいはありますが」

「……」

もっと低くてもよかった気がする。

「ところで、佐兵衛が着物を裏返しに着て殺されたわけなんですがね。あと少しで解けるところまで行ったんです」

「あと少し？」

「ええ。裏返しには意味があるんです」

雨宮は周囲を見回し、秘密を打ち明けるように言った。

「そりゃ、まあ、なんでも意味はあるだろう」

「あれは、誰かが下手人を見たんです。佐兵衛が刺されるところをね。ところが、見たなんてことを訴えて出ようものなら、仕返しになにされるかわからない。怖いから、訴えて出られないわけです」

「ほう」

それはありがちなことである。

「そこで、佐兵衛の着物を裏返しにして、下手人を示したのです」

「裏返しにして示した？」

桃太郎が首をかしげると、わきで卯右衛門が、

「雨宮さま、面白い！　さすが！」

と、声をかけた。

「いや、なに、おいらもそこに気づいたときは、自分が天才かと思ってしまいました」

「誰なんだ？」

と、桃太郎はうながした。

雨宮は一息ついて、

「浦賀《うらが》の英二《えいじ》です」

と、言った。

「誰だ、それ？」

「目玉の三次の子分で、とにかく狂暴なことでは、子分のなかでもぴか一と言われてました。カッとなると見境がなくなるやつでして」

「誰かそいつを見かけたのか？」

「そうじゃないんです。名前ですよ」

「名前？」

「浦賀の英二ですよ。わかりませんか。浦賀英二……うらがえいじ……うらがえし」

「駄洒落かい」

だが、それはあり得るかもしれない。

「でも、もう一度、ハタと思ったんです」

「なにを？」

「浦賀の英二は、去年、八丈島《はちじょうじま》に流されました」

「なんだよ」

桃太郎は苦笑し、卯右衛門はがっかりして縁台にしゃがみ込んだ。

「ほかには、ぴったりの名前のやつは思い浮かばないんです」

「それより、あんたは、殺されてから着物を着せたように言ったけれど、それは間違いないんだな？」

と、桃太郎は訊いた。

「え？」

雨宮は、なんのことですという顔をした。

「佐兵衛は刺されたのか。斬られたのではなく？」

「刺されてました」

「それで、着物の破れと、傷口の場所はぴたりと合うんだな？」

「ええ、合ってましたけど」

「傷口は真ん中じゃないだろう？」

「心ノ臓を一突きですよ」

「だったら、あとで着せ替えたわけじゃないだろう。自分で裏返しに着て、そのあとで刺されたんだよ」

「あ、そうか」

雨宮はやっと気がついたらしい。

「不思議だよな」

「佐兵衛はそれでなにを伝えようとしたのでしょう。自分を殺そうとするやつの名前じゃないんですか？」

「殺されそうなとき、わざわざ着物を裏返しにするか？」

「しませんね」

「逃げるか、叫ぶか、子分を呼ぶかするだろう。そいつの名前を知っていたら、名前を叫ぶだろうが」

「じゃあ、どういうわけで？」

「そうせざるを得なかったのかもしれないな」

「着物を裏返しにせざるを得ない……」

雨宮は、又蔵と顔を見合わせ、黙りつづけるばかりだった。

四

夜四つ（午後十時ごろ）の鐘が聞こえている。

珠子は近くの料亭のお座敷に行っていて、桃太郎が珠子の家で、桃子の面倒を見ていた。

眠くなったら、そのまま小さな寝床を敷いて寝かせるつもりだが、なかなか寝ない。寝たら、佐兵衛が着物を裏返しに着て殺されたわけを考えようと思うのだが、桃子はたっぷり昼寝をしたらしい。

さっきまで、浅草で買って来た飛んだり跳ねたりで遊んでいた。ぴょんと跳ねるたび、桃子は、

「きゃははは」

と、喜ぶ。その笑う顔が可愛くて、桃太郎はまた、仕掛けが作動するようにしてやる。もう五十回以上やった気がする。同じことを何度もやると、赤ん坊は賢くなるが、年寄りは惚けていくような気がするのはなぜなのか。

「ちょっと休もう、桃子」

疲れて、桃太郎は茶を淹れて一息ついていると、明かりが揺れ出した。

――ん？

桃子がろうそくに息を吹きかけている。

そうすると、炎が揺らめくことに気づいたらしい。

「ぷう」

と、吹くが、加減がうまくいかないらしい。

ろうそくが熱いというのはわかっている。この前、火傷をしかけたのだ。

強く吹いたら、今度はろうそくが消えた。

「うぇーん」

暗くなったので驚いたらしい。

「よしよし」

と、火鉢の炭火から火を移してやる。

明るくなると、桃子はまた同じことを始めた。

「そんなことが面白いか」

爺いになると、世のなかはつまらないことだらけになってしまう。だが、赤ん坊はこんなことも面白いのだから、羨ましいものである。だから、赤ん坊の瞳は、きらきら輝き、爺いの目は暗く淀《よど》んでいるのだろう。

「ぷう」

うまく吹きかからないので、消えるのは十回に一回くらいである。

消えて真っ暗になると、また怖くなって泣き出したりするのだが、火がつくと、またやってしまう。

そのようすが、桃太郎には可愛くてたまらない。

だが、じっと見ているうち、

——あ。

と、閃いた。佐兵衛殺しの件である。

——そうか。そういう状況なら、裏返しに着ていてもおかしくはないな。

桃子のおかげで、難事件も解決するかもしれなかった。

そのころ珠子は――。

最初、お座敷に入ったとき、

「え？」

部屋を間違えたかと思った。

「いいんだ、珠子姐さん」

と言ったのは、町年寄の喜多村彦右衛門だった。そこへ、

「ご無沙汰だね」

「あの節は助かりました」

などという声もかかった。

声の主を見ると、蘭学者の中山中山《なかやまちゅうざん》や、羽鳥六斎《はとりろくさい》たちである。

「え？　あれ？　どういうことです？」

日本橋の火消しの棟梁衆の忘年会ということで、ここにやって来たのである。

今宵も蟹丸といっしょのはずだったが、蟹丸はいない。

「わけがわからないだろ？」

と、喜多村は言った。

「はい」

「火消しの棟梁たちは、皆、あたしの知り合いでしてね。急遽、珠子姐さんを譲ってもらったんだよ」

「棟梁たちの忘年会は？」

「別棟のほうでやってるよ」

「そうなんですか」

「これで蟹丸まで取り上げたら、あたしの家が火事になったとき、誰も来てくれなくなりそうなので、蟹丸には残ってもらった」

「なるほど」

と珠子はうなずいたが、あの火消し衆相手に、そんなわがままが通るのは、町年寄の喜多村家だからだろう。

「それにしても、不思議な取り合わせですね」

と、珠子は中山中山たちを見た。

「喜多村さまは、かねてから蘭学にご興味がおありなんだよ」

と、中山が言った。

「そうなんですか」

喜多村はうなずき、

「江戸の町年寄というと、古臭いことばかりやっていると思われがちだけど、そんなことはない。代々というわけではないが、蘭学に造詣《ぞうけい》のある者もしばしば出ていたのさ。奈良屋さんのところにもいたし、樽屋さんのところは先代が蘭学好きだったよ」

奈良屋と樽屋に喜多村家が、江戸の三名主と言われる町年寄である。

「それで、中山さんとも知り合いだったんだ。もちろん羽鳥さんともね。エレキテルのことで睨まれているとは聞いていて、心配はしてたのさ」

「意外に世間は狭いんですね」

珠子は本当にそう思って言った。

すでに酒盛りは始まっている。

いい色になっていた中山中山が、

「じつは、また、大坂に行くことになってね」

と、言った。

「まあ、大坂に？」

たぶんあのエレキテルのことが落ち着いたら、坂本町の住まいも返さなければならないと思っていた。蘭学に厳しい北町奉行所の与力も失脚したし、中山はすでに逃げ回らなくてもいいはずである。

「だから、あの家はまだずっと使ってくれていいんだよ」

「家なんかどうでもいいんですけど、なぜ大坂に？」

珠子は大坂にも京都にも行ったことがない。まるで想像できない別世界のような気がする。

「エレキテルの研究はやっぱり上方《かみがた》のほうが先を行ってるんだよ」

「そうですか」

うなずいて、珠子は中山に酌をした。

ふっと寂しい気持ちが湧いた。

――あたしは、こういう人は嫌いじゃないんだ。

どこか浮世離れしたことに一生懸命な人。世間体とか、金儲けとか、地位とか、名誉とか、そういったものにも縛られない。

飄々《ひょうひょう》として、相手の言い分はたいがい鷹揚《おうよう》に聞いてくれるけど、譲れない一線はきちんと持っている。

――中山さんが二階でエレキテルの研究に没頭して、あたしは桃子の面倒を見ながら、ときどきお弟子さんたちに三味線の稽古をつける……。

そんな日々に憧れていたのではないか。

中山はますます赤くなった顔で、

「いや、なんだか大坂に行くとなったら、珠子さんの唄が聞いてみたいと思えてね。それで、旧知の喜多村さまがわたしの送別会をしてくれることになって、なにか贈り物をしたいとおっしゃってくれて、じつはとなったのさ」

「あら」

江戸の名残にあたしの唄を。あたしのことはまんざらでもなかったということか。このまま江戸にいたなら、夢見た暮らしも実現できたかもしれないのか。

「そうしたら、喜多村さまが、前から珠子さんの唄に惚れ込んでいて、この前聞いたばかりだというじゃないか」

「そうなんですよ」

「贔屓にしてもらうといい。喜多村さまは切れるし、方々に顔も利くし、それに意外にいい人だよ」

「そうなんですね」

チラリと喜多村を見た。

すると、慌てて視線を外した。それまでじっと珠子を見ていたようだった。

五

翌日——。

桃太郎は坂本町の番屋の者に、

「南町奉行所に出仕する雨宮五十郎が通りかかったら、わしの家に寄ってほしいと伝えてくれ」

と、頼んでおいた。雨宮は、北町奉行所ならともかく、南町奉行所に行くにはいくらか遠回りになるはずなのだが、近ごろはかならず海賊橋のほうを渡っている。その魂胆も見え見えで、もしかしたら珠子とばったり出くわすのではないかと期待しているのだ。

「愛坂さま」

と、路地で声がした。その雨宮が来たらしい。

桃太郎が下におりて外に出ると、雨宮はわざわざ珠子の家の前まで行って、なかをのぞきたそうにしていた。だが、珠子は夜が遅い。この刻限はまだ寝ているのだ。

「すまんな、雨宮さん」

「いえ、そんなことは」

「じつは、鎌倉河岸の佐兵衛が殺された現場を見に行きたいのだがな」

「あ、やっとその気になってくれましたか。行きましょう、行きましょう」

「いや、教えてくれたら、わし一人で行くよ」

「付き合いますよ」

「奉行所に行かなきゃならないんじゃないのか？」

「立ち寄りはしょっちゅうですし、急用があれば、各番屋に連絡が来ますから」

「だが、忙しいんだろうが。調べもあるし」

「なあに、おいらが調べて回るより、愛坂さまといっしょにいたほうが、解決に結びつく気がするんですよ。たはっ」

「……」

いっしょに浅草橋の近くに向かった。もちろん、岡っ引きの又蔵と中間の鎌一もいっしょである。

浅草橋御門は、江戸の警備の重要地点になっていて、南岸は石造りのがっちりした門で囲まれている。衛士《えじ》や門番も多いし、わきには大番屋もつくられている。


そこを抜け、橋を渡ってから左に折れた。

この一角は、左衛門河岸《さえもんがし》と呼ばれる。

周囲は上平右衛門町《かみへいえもんちよう》という町名になっていて、ごちゃごちゃして長屋の多い街並みになっている。

細道から、さらに路地に入るところで、

「倒れていたのはここです」

と、雨宮は立ち止まった。

「なるほど」

桃太郎は周囲を見回し、

「佐兵衛の家は鎌倉河岸か？」

と、訊いた。

「いや。昔は鎌倉河岸にあって、通り名もそれに由来してるのですが、運送業のほうが大きくなって神田川をもっぱら使うようになってからは、家も昌平河岸《しようへいがし》に移ってます。たいそうな家を構えてますよ」

「なるほど。では、妾がこのあたりに住んでいないか？」

「妾？」

「そう。着物を脱いだり、そこの湯に入ったりするような家だよ」

「なるほど。ええ、妾の筋もちゃんと調べていますよ。やくざもけっこう、女の揉めごとが原因で殺されたりしますからね。妾は二人いますが、一人は明神下《みようじんした》で、もう一人は佐久間町《さくまちよう》に囲ってます」

「そうか。ちと遠いな。では、妾の家ではないか」

と、桃太郎がつぶやいたとき、路地の向こうでこっちを窺っている女がいるのに気づいた。

——ん？

桃太郎が見ると、女はすっと姿を消した。まずいと慌てた気配だった。

「雨宮。いま、女が逃げた。逃がすな」

そう言うと同時に、桃太郎は駆け出した。

路地を抜けると、通りを逃げて行く女の姿が見えた。

「追え」

半町も駆けないのに、桃太郎はすでに息が切れている。

「これはいかんな」

人の身体には大きく分けて四つの役目があるという。

力を出す筋力。

長く歩いたり走ったりする持久力。

すばやく動く俊敏性。

硬さとは反対の柔軟性である。

人によっては、俊敏性と柔軟性が早く衰えると聞く。だが、桃太郎は剣の稽古や筋伸ばしの習慣のおかげで、それはまだ保っている気がする。駄目なのはやはり、持久力だろう。この衰えがいちばんひどい気がする。

――鍛え直さないと駄目だな。

と、こんなときなのに思った。

だが、さすがに町方の連中は、若いし、こういうことは鍛えている。鎌一、又蔵、雨宮の順に女に追いつき、座り込ませていた。

桃太郎は息を落ち着かせてから、

「女、なぜ逃げた？」

と、訊いた。

「別に。ただ、お武家さまの目が怖かったからですよ」

そう言って、そっぽを向いた。

なかなかしぶとそうなおなごである。本当のことは言いそうもない。

「どこの女か、このへんの番屋の者に訊いてくれ」

「はい」

又蔵が上平右衛門町の番屋の番太郎を呼んで来ると、すぐにわかった。

「ああ、こいつはそっちの揚場の前で飲み屋をやっているお銀《ぎん》という者です」

「家は？」

「ええ。そっちの一軒家に住んでますよ」

お銀を連れて、その家に向かった。

「ここです」

佐兵衛が殺された場所からそう遠くない。

桃太郎は家のなかをのぞいた。

「なんだい。他人の家を勝手にのぞいて。図々《ずうずう》しい爺さんだねえ。品のあるお武家のやることじゃないね」

お銀は喚いたが、桃太郎は無視し、

「自前の湯があるな」

と、番太郎に言った。

「そうなんです。以前、金貸しだった男の家なんですが、そいつは亡くなって、いっしょにいたこのお銀がそのまま住んでいるんです」

「飲み屋は流行《はや》ってるのか？」

「ええ。場所が場所だけに荷揚げ関係の連中で流行ってたそうです」

「鎌倉河岸の佐兵衛が客で来てたのではないか？」

その名を出すと、お銀はぎくりとしたように桃太郎を見た。

「ああ、来てたんじゃないですか」

番太郎はうなずいた。

「なるほど」

と、うなずき、

「雨宮。この女は、佐兵衛の好みなんじゃないか？」

「あ、似てます、似てます。妾は二人とも、こんなふうにほっそりしてました」

雨宮がそう言うと、又蔵と鎌一もうなずいた。

女の歳は二十二、三。こうして不貞腐れていると険があるが、愛想笑いでも浮かべれば、かなりの色気が浮かび上がるだろう。崖に咲く花のように、ちょっと危ない感じも、いかにもやくざが好みそうである。

「お銀。佐兵衛を誘ったのか？」

　桃太郎は訊いた。

「なにをおっしゃってるんです？」

「佐兵衛はお前の誘いになびき、家にやって来た。ことに及ぶ前に、湯に入ってくださいと言った」

「……」

「佐兵衛は湯に入るのに急いで着物を脱ぎ、そこにかけた。ところが、妙な気配がした。しかも、ふいにそこの明かりが消えた」

　と、桃太郎はろうそくを指差した。

　これが桃子のおかげで思いついたことである。

「佐兵衛もそこらは素人ではない。危険を感じ、慌てて着物と羽織を着た。ところが、脱ぎっぱなしだったから、真っ暗いなかで表裏が逆になっていることに気づかず、とにかく逃げた」

　桃太郎がそう言うと、

「ああ」

　と、雨宮が大きくうなずいた。

「ここを飛び出すと、向こうに明かりが見える」

「なるほど」

「佐兵衛はそっちに走った。ところが、ようやく逃げ切ったと思った瞬間、ぐさりとやられたんだ」

「そういうことですか」

「どうだ、女？」

　桃太郎はお銀を見た。

「あたしにはさっぱりわかりませんね」

「誰かに頼まれたんだろう？」

「さあ」

　なにも言うつもりはないらしい。それに、頼んだ男の正体を知っているかどうかもわからない。

「雨宮。いろいろ店の客などに訊き込んでみることだ。おそらくわしが言ったことに近い話が見えてくるはずだ」

「わかりました」

と、雨宮はうなずき、

「やっぱり愛坂さまといっしょにいるべきでしょ」

この男は、ものすごく素直な性格なのかもしれなかった。

六

「あ」

桃太郎は思わず声を上げた。

また閃いた。年末は頭の調子がよくなるのか。

「どうかしましたか？」

雨宮が期待をにじませた顔で訊いた。

「あんた、狼の定殺しの調べは進んでいるのか？」

「あ、そっちでしたか。生憎、それがさっぱりでして。野郎が変装するわけはわかったんですけどね」

雨宮はぬけぬけと言った。

「それはわしが教えたんだろうが」

「あ、そうでした」

「もしかして、狼の定の殺しも同じ下手人かもしれないな」

「え」

雨宮は口をあんぐり開けた。疑ってもみなかったらしい。

「百川の厠にもろうそくの明かりがあったな？」

「さあ、どうでしたか」

雨宮はなにも見ていない。あるいは、見てもすぐ忘れる。おそらく両方だろう。

「確かめよう」

と、桃太郎は言った。百川に行ってみるつもりである。

「おいらも」

雨宮はまた、ついて来るつもりらしい。

「いや、あんたはこの女を調べるべきだろう」

「ううっ」

雨宮はお銀を睨み、恨めしそうにした。

この女はおそらく一日や二日では落ちそうもないと思ったが、

「わかった。では、百川に行くのは日が落ちてからにしよう」

ということにした。

「わかりました」

雨宮たちはお銀を大番屋に連れて行き、桃太郎はいったん家に帰ることにした。

夜になって——。

桃太郎たちは日本橋浮世小路《うきよこうじ》の百川にやって来た。

ここは今宵も大繁盛で、店の外にまで客の喧騒が洩れている。人殺しがあったくらいでは、百川の人気は揺るがないのだ。

入口の帳場にいた女将が、

「あら、愛坂さま。今日は珠子は……」

「うむ。そうじゃないんだ」

「旦那たちまでいっしょですか」

軽く眉をひそめた。捕物でもあるのかと心配になったのだろう。

「この前の件でな。女将。ちと、厠を見せてくれ」

「それだけですか？」

「ああ。見せてもらったらすぐ帰る」

「どうぞ。入っちゃってください」

案内もなく、厠に向かった。

百川に厠は二か所ある。

客が使うのは、たいがい左奥にある大きな厠のほうである。

男女は分かれていないが、小のほうと大のほうが、背中合わせにある。

小のほうはとくに区切りはなく、男が同時にするとなると、五、六人くらいはできるだろう。

狼の定は、こっちで殺されていた。

厠の向こうにも行けるようになっているが、端の柱のところに、小さな台が取り付けられ、そこにろうそくが立ててある。厠の入り口には行灯《あんどん》があるが、これはろうそくではなく油の明かりで、ろうそくよりも乏しい明かりになっている。

下駄を履くための、足元用らしい。

「そっちは裏口にもつながってるな」

桃太郎は又蔵に厠の先を確かめさせた。

「ええ。外から厠に入ってくる人はいないでしょうが」

「だが、下手人はそうしたのだろうな」

　と、桃太郎は言い、厠の壁の裏に身を隠しながら、

「それで、ここに隠れ、定が来るのを待ち、幸い一人でやって来たので、ろうそくを吹き消した」

「でも、真っ暗にはならないでしょう」

「ならないか？」

「向こうの明かりが届きます」

　雨宮は、入口の行灯を指差した。

「どれ」

　と、桃太郎はろうそくを吹き消してみた。

　真っ暗ではない。が、ほとんど見えない。

「ああ、かなり暗いですね」

　雨宮は手探りした。

　桃太郎はわりに夜目が利く。それでも雨宮の顔まではわからない。誰かいることはわかる。

「どうだろうな？　これで何者かが定に近づき、ドスで突き刺したんだ。やれるかな？」

「うっすらと影が近づきますよね。うーん、これくらいだと、勘のいいやくざなら、逃げるのでは？」

「わしもそう思う」

「当然、定八は勘が鋭かったでしょう」

だが、下手人は一突きしているのだ。

「ううむ」

桃太郎は唸った。

狼の定は、よほど酔っていたのか。

「定が倒れているのを見つけたとき、ろうそくの火は点いていたんだ」

と、桃太郎は言った。

「点けたんでしょうか？」

「だろうな」

「わざわざ？」

「そうだよな。すぐに点けられるようにはしてあったのだ」

桃太郎は、行灯の火からこよりを使って、ろうそくに再度、火を点けた。

それも念が入ったことである。そのまま逃げても別に不都合はない。

「なんだろう？」

解せないことだらけである。

今度は頭のなかで、飛んだり跳ねたりが、ぴょんと跳ねた気がした。

変なことを思い出した。

浅草での仔犬の音吉の騒ぎ。

あのとき、音吉の袂に血がついていたと言っていた。

夜、浅草橋で音吉は佐兵衛を刺し、それから浅草に行って血がついているのに気づかず遊んでいたということはなかったか。

そういえば、この裏手で下手人は桃太郎と桃子を見かけて、慌てて反対側に逃げた気配があった。音吉なら、桃太郎と桃子を見知っているのだ。

二つの殺しの下手人は、仔犬の音吉なのか。

――だが、それはおかしい。

音吉は千吉に雇われているはずである。

それがなぜ、日本橋の銀次郎側だった狼の定や鎌倉河岸の佐兵衛を殺すのか。

千吉が神田川の利権でも欲しくなったのか。しかし、音吉はやくざのあいだでも、俠客として知られた男なのだ。

考え込んでいると、

「どうしました？」

と、雨宮が訊いた。

「いや、なんでもない」

わからないうちに雨宮に話すと、事態はかえってこんがらがるかもしれない。

「ただ、これは相当込み入った話になりそうだぞ」

それだけは言っておいた。

七

長屋にもどると、朝比奈が庭で剣を振っている。

桃太郎は声をかけず、しばらく黙って見ていた。

身体から湯気が上がってきたころ、朝比奈は稽古を終えた。

「なんだ、いたのか」

「いい動きではないか」

「そうか。なんだか身体が軽く感じるのだ」

「ほう」

「じつは、飯を半分にしてみた」

「なんだ。あんたもやったのか」

桃太郎は笑った。

じつは桃太郎もやっている。ここに来る途中、夜鳴きそば屋に立ち寄ったが、エビの天ぷらは二本食べたが、そばは半分にしてもらっていた。

「ああ。悔しいが、身体のことは向こうが専門だし、なんとか生きてるのも慈庵のおかげだし」

「そこまででもないだろうが。それで調子はいいのか」

「ああ。飯を少なくしたら、まず、食い疲れというのがない」

「やっぱり」

「それと、いつもは夕方になると腹が減って苛々《いらいら》したりするのだが、それもない」

「ほう」

桃太郎もそうなのである。それは本当に不思議だった。

「しかも身体が軽い」

「わしもそうだ」

「やはり横沢慈庵は名医だな」

「うむ。今度会ったときは、二人で褒め称えよう」

そう言って、笑い合った。

「忙しそうだな」

と、朝比奈が言った。

「ああ。首を突っ込みたくないのだがな」

「やくざの件か？」

「そうなのさ」

「どうした？」

朝比奈に話してみることにした。さすがにかつての仕事仲間は理解が速い。桃太郎が話したことはすべて頭に入れてくれたらしい。

「なるほど。それは、ちと入り組んだことになってるな」

「そう思うか」

「わしも仔犬の音吉というのは臭いと思う」

「ああ」

桃太郎は確信している。ただ、動機がわからない。

「東海屋千吉というのは、思っていたより悪党らしいな」

「そうなのさ」

「兄なんだろう？」

「ん？」

「蟹丸の」

「そうだよ」

「可哀そうにな」

「ああ」

「桃を頼りにしてるのだろうし」

「……」

やくざたちの抗争があまりにも卑劣で複雑怪奇で、だからこそ蟹丸の力になってやりたいと思い始めている。

しかし、これはどういう気持ちからなのか。

桃太郎も自分の気持ちがわからない。

自分で言うのは気がひけるが、女にはもてなくはなかった。本気で口説いた女とは、かならず男女の仲になった。だが、あんな歳の離れた娘と付き合ったことはない。それなのに、いまは蟹丸が気になっている。咲かないはずの松の盆栽に、真っ赤な花が咲いたら、こんな感じがするのだろうか。

「惚れたか？」

朝比奈が訊いた。

「まさか」

桃太郎は首を横に振った。

そのころ――。

珠子は、眠っている桃子を抱いて海賊橋のたもとにやって来た。今宵は青物町にある料亭のお座敷で、桃子を可愛がっている女将が、

「ぜひ連れて来て」

と言うので、連れていったのである。まるで季節外れのひな祭りみたいに玩具をいっぱい用意していてくれたので、桃子は喜んで遊び過ぎたらしく、お座敷が

終わったときは、すっかり眠りこけていた。

橋の上は風があり、桃子の頬が冷たくないよう、おくるみの具合を直してやったとき、
わきから声がした。

「あ、珠子姐さん」

「おや、雨宮さま」

奉行所からの帰りらしく、雨宮は一人だけである。

「大変だね。お座敷は」

「いいえ。町方の同心さまほどじゃありませんよ」

「いやあ、ほかの同心は知らないが、おいらなんざ、たいして役に立たねえ同心だからね」

斜めの笑みを浮かべて言った。

「雨宮さま。そんな卑下《ひげ》することなどないじゃないの。評判ですよ」

「評判？」

「このあいだ、そこでかどわかしの下手人を捕まえたじゃないですか」

「あれは、おいらの手柄じゃありませんよ」

「そうなの」

「そりゃあ最後に縄をかけたのは、おいらと又蔵ですが、それは愛坂さまの指図があったおかげですよ」

「あら、そうだったの」

それは珠子も知らなかった。

「愛坂さまにはずいぶんお世話になってて」

「でも、浅草橋で佐兵衛一家を怒鳴りつけたところも見ましたよ」

「やくざを怒鳴りつけるくらいが関の山ですから」

「まあ」

今宵はずいぶん元気がない。

もしかしたら奉行所で、上司から捕物帳でも見せられて、嫌味の一つも言われたのかもしれない。宮仕えをしていると、そうした嫌なことがいっぱいあることは、芸者はよく知っている。宮仕えの連中の宴会は、愚痴と悪口が渦を巻くのだ。笑いは消え、涙と怒号のなか、お開きとなる。

「おいらは間抜けな同心でね」

「でも、おじじさまだって、間抜けなところはあるのよ」

「それに、おじじさまだって、若いころからあんなに切れ者だったわけじゃないのよ」

「いやあ」

雨宮は意外そうに珠子を見た。

「そうなので」

「いっしょに住んでる朝比奈さまっているでしょ。あの二人で、ずいぶん頓珍漢《とんちんかん》な失敗をしたらしいわよ」

「へえ」

「おじじさまは、若いときから不良っぽいところがあって、いろんな人間を見てきてるのよ。そういうのが下地になって、あんなふうになったの。だから、雨宮さまも、まだまだこれからですよ」

「まだまだか。そう言われると、少しホッとします」

長屋の入り口まで来た。

「じゃあ、おやすみなさい」

「うん。それじゃあ」

珠子は去って行く雨宮の後ろ姿を、しばらくのあいだ見送った。

心に、なにか湿っぽい感情がこみ上げてくる。

駄目な人間に対する愛おしさ。自分はそれが強いかもしれない。だから失敗も多いのかもしれない。

——その失敗の結果がこれ。

腕のなかですやすや眠っている小さな生きもの。

だったら失敗も悪くなかった。珠子はほんとにそう思った。

八

翌日——。

事態が大きく動いた。

この日は、雑用が相次ぎ、桃太郎の夕飯はいつもより遅くなった。朝比奈もまだだったので、いっしょに目刺しを焼き、それに大根を擂り下ろしたやつを載せて、三匹ずつ食った。すると腹が一杯になり、飯は握っておいた玄米の小さなおにぎりを、味噌をつけて焼き、一つだけにした。

これでもう充分である。

酒は朝比奈が我慢するというので、桃太郎もお茶だけにした。

「なんか身体にいいものを食った気がするな」

桃太郎は腹を撫でながら言った。

「まったくだ。これは慈庵も文句を言わんだろう」

「いや、あいつならこれにワカメとシジミの味噌汁をつけろくらいは言うかもしれぬ」

「なるほど。それもいいな」

「明日の晩飯はそうするか」

男が二人で、野宿みたいにして食う飯も、なかなか風情がある。

「そうしよう」

うなずき合ったとき、

「愛坂さま」

と、遠慮がちに雨宮五十郎が顔を出した。後ろには、又蔵と鎌一の顔も見えている。

「なんだ？」

「じつは、東海屋千吉が襲われまして」

「なに」

桃太郎は驚いた。

「いちおうお知らせしといたほうがいいかと思ったのですが、驚かれました?」

「うむ。意外だな」

「意外ってことはないでしょう。野郎は当然、狙われますよ」

「それで、死んだのか?」

「いや、たまたまつまずいたおかげで、急所は外れたみたいです。腹からだいぶ血は出たみたいですが」

「手口は?」

「近所に出た帰りだったみたいです。点けたはずの宿の前の行灯が消えていたので、火を入れようとしたとき、妙な気配を感じたとか」

「ほう」

「ぱっと横を見ると、誰かが突進して来たみたいだったので、逃げようとして転んだのだそうです」

「ふうむ」

手口は定八や佐兵衛殺しのときと似ている。仔犬の音吉のしわざなのか。

だが、音吉ならしくじっただろうか。

「じゃあ、おいらはこれで」

と、雨宮は帰って行った。

「妹の芸者が来てるだろう」

と、朝比奈が言った。

さっき、珠子といっしょに蟹丸の声がしていたのだ。

「そうみたいだな」

「教えたほうがよくないか」

朝比奈が勧めた。肉親の奇禍《きか》である。伝えるのは常識だろう。

桃太郎は、珠子の家を訪ねた。

「あら、愛坂さま」

蟹丸の顔が輝いた。言いにくい。

「あのな、蟹丸。驚くなよ。いま、雨宮が報せて来たのだが、お兄さんが襲われたらしい」

「え」

眉をひそめたきり蟹丸はなにも言わない。

「怪我したんですか?」

珠子が訊いた。

「ああ。幸い、命の心配はないみたいだが、だいぶ血が出たらしい」

「蟹丸。見舞いに」

と、珠子がうながした。

「いいの」

「いいの?」

「あんな悪党。襲われて当然ですよ」

「でも、まともな商売もやろうとしてるんじゃないの」

「だったら、ちゃんと足洗えばいいじゃないですか」

「まあね」

「襲われたのだって、ほんとかどうかわかりませんよ。それくらいの芝居はやる人ですから」

蟹丸はうっちゃっておくつもりらしい。

「じゃあ、いちおう報せたぞ」

桃太郎はそう言って戸を閉めた。

襲われた芝居くらいはすると、蟹丸は言った。桃太郎も同感だった。

その桃太郎まで襲われたのである。

この晩のことだった。

九つ（夜十二時）少し前だろう。遠くで半鐘が鳴っているので、桃太郎は目を覚ました。

冬場は火事が多い。しかも、このところ雨がなく、江戸の町は乾き切っている。風も出ている。これで、火が上がれば、たちまち燃え広がる。

二階の窓を開けてみたが、方角が違うらしい。

下におり、外へ出てみた。

長屋の者は皆、寝てしまったらしく、明かりは消えている。提灯を持たないまま、路地を抜けた。半月があるはずだが、雲がかかっている。

火事は霊岸島《れいがんじま》の方角らしい。風はこっちから霊岸島のほうに吹いているので、とりあえず類焼《るいしょう》の心配はなさそうである。

向こうに見える番屋の前にも人が立ち、火の見やぐらの上にいる男と、なにか話している。半鐘を鳴らすかどうか、見計らっているのだろう。

だが、鳴らさずにすみそうだった。

桃太郎は、ふたたび長屋への路地をくぐろうとして、

――え。

足を止めた。

路地のなかほどでなにかが動いた気がしたのだ。

刀はない。寝巻のまま外に出てしまった。不用心だった。大声を上げて、朝比奈に刀を持って来てもらうかと、一瞬、迷った。

闇に目を凝らした。

両手を軽く開き、前に構えながら、ゆっくり路地を入った。

先は行き止まりになる。

皆、心張棒《しんばりぼう》くらいはしているだろうから、家に飛び込むのは難しいはずである。

袋の鼠《ねずみ》か。

路地を抜けた。

中庭のように広くなる。突き当たりに厠、手前には井戸。

さらに目を凝らす。

闇は均一に真っ暗ではない。かすかなまだら模様になる。そういうものである。
誰かがいれば、そこに人のかたちの闇が浮かび上がる。
桃太郎はそれを探した。
だが、いない。
さっきの気配は気のせいか。
そう思ったとき、まだらの闇が動いた。
――え？
なにかわからないまま、鋭い光が走った。
見つめながら、身体を横にした。すぐ前を刃が走った。
同時に、右の手を飛ばした。
こぶしではない。爪がなにかをかすった感触。
闇が走った。路地を抜けて行く。
ただのつむじ風？　そう思ってもおかしくはない。
だが、やはり襲撃者だった。
――なぜ、見えなかったのだろう。

人ならば、闇のなかに人影を見つけたはずだった。

それがわからなかったということは……。

もしかしたら、襲撃者は、大きな布のようなものをすっぽりかぶって出現するのではないか。

それは漆黒ではない。まだらの闇色なのだ。漆黒の闇は、自然ではない。

まだらの濃さで塗られた布。

濃い布。

——嘘だろう。

唖然とするような閃きが来た。

——仔犬のではない。濃い布。仔犬の音吉ではなく、濃い布音吉。

最初はそう呼ばれた。江戸ではないだろう。上方あたりでか。

それが江戸でも知られ、喧伝《けんでん》されるのを嫌がって、綽名のわけは仔犬の彫物だと見せかけた。

あの彫物には違和感があった。

竜虎の睨み合い。真ん中に仔犬がいた。それが不自然だった。

あそこは余白だったのだ。

そこにあとから仔犬を入れたのだ。ごまかすための付け足しなのだ。

だから、違和感を覚えたのだ。

いろんな辻褄《つじつま》が合ってきた。

狼の定や、鎌倉河岸の佐兵衛ほどのやくざが、いともたやすく刺されたわけ。ろうそくなど消したままで逃げればいいのに、わざわざ点けてから逃げたわけ。

濃い布の秘密はそれほどまでに知られたくなかった。

――その音吉が、今度はわしに牙を剝いてきた。

背筋がぞっとした。

桃子がいっしょでなくてよかった。

いや、いまだけではない。この先、桃子といっしょにいるということは、桃子にも危険が及ぶことになるのだ。

――しばらくは桃子と遊ぶこともできない……。

そう思ったら、桃太郎は生き甲斐というなによりも大切なものが、真冬の風のなかに吹き飛んで行くような気がしてきた。

この作品は双葉文庫のために書き下ろされました。

双葉文庫

か-29-44

わるじい慈剣帖《じけんちよう》（七）

どこいくの

2021年10月17日　第1刷発行

【著者】
風野真知雄《かぜのまちお》
©Machio Kazeno 2021
【発行者】
箕浦克史
【発行所】
株式会社双葉社
〒162-8540 東京都新宿区東五軒町3番28号
［電話］03-5261-4818（営業部）　03-5261-4833（編集部）
www.futabasha.co.jp（双葉社の書籍・コミックが買えます）
【印刷所】
中央精版印刷株式会社
【製本所】
中央精版印刷株式会社

【フォーマット・デザイン】
日下潤一

落丁・乱丁の場合は送料双葉社負担でお取り替えいたします。「製作部」宛にお送りください。ただし、古書店で購入したものについてはお取り替えできません。［電話］03-5261-4822（製作部）

定価はカバーに表示してあります。本書のコピー、スキャン、デジタル化等の無断複製・転載は著作権法上での例外を除き禁じられています。本書を代行業者等の第三者に依頼してスキャンやデジタル化することは、たとえ個人や家庭内での利用でも著作権法違反です。

ISBN978-4-575-67074-5 C0193
Printed in Japan

風野真知雄　新・若さま同心　徳川竜之助　長編時代小説

薄毛の秋　〈書き下ろし〉

熟睡中の芸者が頭を丸刈りにされるわ、町中の洗濯物が物干しから盗まれるわ——江戸で頻発する奇妙な事件に見習い同心・竜之助が挑む！

風野真知雄　新・若さま同心　徳川竜之助　長編時代小説

南蛮の罠　〈書き下ろし〉

蒸気の力で大店や大名屋敷の蔵をこじ開ける大胆不敵な怪盗・南蛮小僧が江戸の町に現れた。竜之助が考えた南蛮小僧召し取りの奇策とは？

風野真知雄　新・若さま同心　徳川竜之助　長編時代小説

薄闇の唄　〈書き下ろし〉

唄い踊りながら人を斬る「舞踏流」という奇妙な剣を遣う剣士が、見習い同心の徳川竜之助に襲いかかる！　好評シリーズ第五弾。

風野真知雄　新・若さま同心　徳川竜之助　長編時代小説

乳児の星　〈書き下ろし〉

日本橋界隈で赤ん坊のかどわかしが相次いだ。事件の裏にある企みに気づいた竜之助は……。大好評「新・若さま同心」シリーズ第六弾。

風野真知雄　新・若さま同心　徳川竜之助　長編時代小説

大鯨の怪　〈書き下ろし〉

漁師たちが仕留めたクジラが、一晩で魚河岸から消えた。あんな大きなものを、誰がどうやって盗んだのか？　大人気シリーズ第七弾！

風野真知雄　新・若さま同心　徳川竜之助　長編時代小説

幽霊の春　〈書き下ろし〉

町内のあちこちで季節外れの幽霊が出た。さらに、奇妙な殺しまで起きて……。大好評「新・若さま同心」シリーズ、堂々の最終巻！

風野真知雄　わるじい秘剣帖（一）　長編時代小説

じいじだよ　〈書き下ろし〉

元目付の愛坂桃太郎は、不肖の息子が芸者につくらせた外孫・桃子と偶然出会い、その可愛さにめろめろに。待望の新シリーズ始動！

風野真知雄　わるじい秘剣帖（二）　長編時代小説
ねんねしな　〈書き下ろし〉

孫の桃子と母親の珠子が住む長屋に越してきた愛坂桃太郎。いよいよ孫の可愛さにでれでれの毎日だが、またもや奇妙な事件が起こり……。

風野真知雄　わるじい秘剣帖（三）　長編時代小説
しっこかい　〈書き下ろし〉

「越後屋」への嫌がらせの解決に協力することになった愛坂桃太郎は、今日も孫を背中におぶり事件の謎解きに奔走する。シリーズ第三弾！

風野真知雄　わるじい秘剣帖（四）　長編時代小説
ないないば　〈書き下ろし〉

「越後屋」に脅迫状が届く。差出人はこれまでの嫌がらせの張本人で、店前で殺された男とも深い関係だったようだ。人気シリーズ第四弾！

風野真知雄　わるじい秘剣帖（五）　長編時代小説
なかないで　〈書き下ろし〉

桃子との関係が叔父の森田利八郎にばれてしまった愛坂桃太郎。事態を危惧した桃太郎は一計を案じ、利八郎を何とか丸めこもうとする。

風野真知雄　わるじい秘剣帖（六）　長編時代小説
おったまげ　〈書き下ろし〉

越後屋への数々の嫌がらせを終わらせることに成功した愛坂桃太郎だが、今度は桃子の母親・珠子に危難が迫る。大人気シリーズ第六弾！

風野真知雄　わるじい秘剣帖（七）　長編時代小説
やっこらせ　〈書き下ろし〉

「かわうそ長屋」に犬連れの家族が引っ越してきたが、なぜか犬の方が人間よりいいものを食べている。どうしてそんなことを……？

風野真知雄　わるじい秘剣帖（八）　長編時代小説
あっぷっぷ　〈書き下ろし〉

孫の桃子との「あっぷっぷ遊び」に夢中になる愛坂桃太郎。しかし、そんな他愛もない遊びが思わぬ危難を招いてしまう。シリーズ第八弾！

風野真知雄　わるじい秘剣帖（九）　いつのまに　長編時代小説〈書き下ろし〉

珠子の知り合いの元芸者が長屋に越してきた。いまは「あまのじゃく」という飲み屋の女将で常連客も一風変わった人ばかりなのだ。

風野真知雄　わるじい秘剣帖（十）　またあうよ　長編時代小説〈書き下ろし〉

「最後に珠子の唄を聴きたい」という岡崎玄蕃の願いを受け入れ、屋敷に入った珠子と桃太郎だが、思わぬ事態が起こる。シリーズ最終巻！

風野真知雄　わるじい慈剣帖（一）　いまいくぞ　長編時代小説〈書き下ろし〉

あの大人気シリーズが帰ってきた！　目付に復帰したのも束の間、孫の桃子が気になって仕方がない愛坂桃太郎は江戸への帰還を目論むが。

風野真知雄　わるじい慈剣帖（二）　これなあに　長編時代小説〈書き下ろし〉

孫の桃子を追って八丁堀の長屋に越してきた愛坂桃太郎。大家である蕎麦屋の主に妙に気に入られ、次々と難珍事件が持ち込まれる。

風野真知雄　わるじい慈剣帖（三）　こわいぞお　長編時代小説〈書き下ろし〉

川沿いの柳の下に夜な夜な立つ女の幽霊。桃子の夜泣きはこいつのせいか？　愛坂桃太郎は、可愛い孫の安寧のため、調べを開始する。

風野真知雄　わるじい慈剣帖（四）　ばあばです　長編時代小説〈書き下ろし〉

長屋の二階から忽然と消えたエレキテル。没収しようと押しかけた北町奉行所の捕り方たちも目を白黒させるなか、桃太郎の謎解きが光る。

風野真知雄　わるじい慈剣帖（五）　あるいたぞ　長編時代小説〈書き下ろし〉

長屋にあるエレキテルをめぐり対立してきた北町奉行所の与力、森山平内との決着の時が迫る！　愛する孫のため、此度もわるじいが東奔西走。

風野真知雄
わるじい慈剣帖（六）
おっとっと
長編時代小説〈書き下ろし〉

日本橋の新人芸者、蟹丸の次兄が何者かによって殺された。悲嘆にくれる娘のため、桃太郎は真相をあきらかにすべく調べをはじめるが……。

風野真知雄
若さま同心 徳川竜之助【一】
消えた十手
長編時代小説

徳川家の異端児 同心になって江戸を駆ける！剣戟あり、人情あり、ユーモアもたっぷりの傑作時代小説シリーズ、装いも新たに登場!!

風野真知雄
若さま同心 徳川竜之助【二】
風鳴の剣
長編時代小説

憧れの同心見習いとなって充実した日々を送る竜之助の身に、肥後新陰流を操る凄腕の刺客たちの影が迫りくる！ 傑作シリーズ第二弾！

風野真知雄
若さま同心 徳川竜之助【三】
空飛ぶ岩
長編時代小説

徳川竜之助を打ち破り新陰流の正統を証明せんと、稀代の天才と称される刺客が柳生の里からやってきた。 傑作シリーズ新装版、第三弾！

風野真知雄
若さま同心 徳川竜之助【四】
陽炎の刃
長編時代小説

珍事件解決に奔走する竜之介に迫る、姿の見えぬ刺客。葵新陰流の刃は捉えることができるのか!? 傑作シリーズ新装版、待望の第四弾！

風野真知雄
若さま同心 徳川竜之助【五】
秘剣封印
長編時代小説

因縁の敵、柳生全九郎とふたたび対峙し、徳川竜之助の葵新陰流の剣が更なる進化を遂げる！ 傑作シリーズ新装版、第五弾！

風野真知雄
若さま同心 徳川竜之助【六】
飛燕《つばくろ》十手
長編時代小説

江戸の町を騒がせる健脚の火付け盗人の噂。徳川竜之助は事件の不可解な点に気づき、調べを始めるが……。 傑作シリーズ新装版、第六弾！